金庸的武林3

再會江湖

金庸小說的眾生相

楊照 著

知音推薦

詩，可以興，觀，群，怨，多識於鳥獸草木之名；讀金庸小說也可以的。年輕時，它甚至是我的交友寶典，辨識人格、性情，確認「理想型」男友的測驗題庫。重讀金庸，似乎隨時隨地，可從任一冊、任一段落開始。但是楊照的重讀金庸，是沿著著作的時間軸，有脈絡的，慢讀金庸。對於江湖新鮮人，這是一部極好的金庸導讀；而對於早已熟讀金庸者，更是一部可默默與之對話、切磋，不時擊節，啊，茅塞頓開！或很想要擊掌的知音之書。

——作家 **宇文正**

金庸百年，江湖再現。楊照新著重讀金庸武俠作品，不忘回首青少年時快速、隨意的亂翻書，此際更現身說法，逐章示範如何平心靜氣讀金庸——全面、系統、反思、比較式的細察慢讀。作者融會貫通文本分析，歷史地理，人物傳記，報業傳奇，影視改編，考據評論。在儼然構架、精妙文字中，全書再訪江湖武林，細說人情世故，辨析敘事譜系，探詢經典形成。在喧嘩巨變的時代，楊照招魂那位講故事的人，重整金庸筆下的山河歲月。

——學者、美國羅格斯大學亞洲語言文化系 **宋偉杰**

什麼叫俠？「群」、「我」之辨。
那些為了自身武功、地位、名聲、財富而去騙、爭、搶、奪的人，不俠。
蕭峯願以一人之死換取眾人之生，這般決斷叫「俠」。
郭靖畢竟為堅守襄陽而死，這回終局叫「俠」。
張無忌為調解明教與各派舊隙，將殺親之仇撇到一旁，這個判別叫「俠」。
令狐冲對尼姑避之唯恐不及，卻能在困難中扛起恆山掌門，這樣挺身叫「俠」。
韋小寶明辨小玄子能行王道，能為群體謀福，這片認知叫「俠」。
謝遜、鳩摩智、金輪法王終究覺醒悔改，這場徹悟叫「俠」。
楊照老師傳遞俠情，這套書寫叫「俠」。

——相聲瓦舍創辦人 **馮翊綱**

序言

一位了不起的小說家

《金庸的武林》三冊本的來歷，最早是二〇一八年金庸去世後，我在「趨勢講堂」開設的系列課程；之後再轉換形式，成為北京「看理想」知識平台上的六十集音頻節目。這兩次的講述都留有逐字資料，再經整理而成目前大家所讀到的書籍內容。

因為是由講課、錄音轉化而來，不是直接書寫，文本中有較多口語習慣，也較鬆散，在所難免。

前後五年多的過程中，趨勢講堂、「看理想」平台的同事、學員、聽眾都給予相當程度的協助與建議，讓我的解讀不只能順利進行，還支持我以我所設計的方式來呈現。

我不只面對了金庸龐大的九百萬字心血成果，而且當然知覺圍繞著這些作品早已經存在、流傳著更龐大的相關評述與討論。從早年遠景出版社曾經出版的系列「金學」作品（後來由遠流接手），包括了倪匡、舒國治等人所寫下饒富意趣的著作，到近年來在兩岸都很受歡迎的六神磊磊談金庸，我都讀過，並留下很深的印象。

有印象，也就表示我盡量不重複他們走過的路，要能有不同的解讀方式，這樣的講述和書寫內容才有意義。我刻意避開的，是最多讀者容易有共鳴的寫法：將金庸小說裡的人物與情節放到我們的生活現實中，以金庸武俠來評述當代，乃至為我們的日常、平庸生活添加深度與趣味。

金庸武俠小說中的某些角色、某些場景可以讓所有讀者都深深記得，於是也就自然形成了讀者間的共同語彙，像是小龍女、滅絕師太、周芷若，到岳不羣、左冷禪，成為讀者描述、評論個性與行為的方便工具。延伸這種讀者間的溝通默契，很自然就有了「以金庸注我」、「以金庸注現實」的精彩著作產生。

而我之所以有意識避開這樣的寫法，一來是很佩服已有的許多這類文章、書籍，知道自己絕對寫不到那樣的等級，當然應該藏拙；二來是這種文章、書籍真正的重點在於觀察、凸顯時代、現實、生活，於是難免會在時代、現實、個人生活不同的條件變動中，失去了原有的基礎，而不再能引起認同。這種文章、書籍需要有不同時代、現實、生活條件的人不斷重寫，不斷提供新鮮的評述。

我比較想做，也是我比較有能力做的，是為不同時代、不同現實、不同生活背景的金庸讀者，提供一套關於小說內部文本的分析，讓不同的讀者都能從金庸小說中讀到同樣的深刻智慧。

對我來說，金庸的第一身分是傑出的小說家，因而他的成就也就符合米蘭・昆德拉對小說家的普遍、嚴格要求——「發現只能在小說中得到的新東西」。金庸小說裡有許多只能寫成小說、由小說來表達的體驗與感慨，我希望藉由我的解讀，讓大家明白這些珍貴內容在哪裡，又是如何在金庸的巧手下設計、打造而成的。

也就是以我累積了許多年的小說認識，去注解金庸武俠，而不是用金庸小說來注解我自己，或我們這個時代的現實生活。藉由更認真地從小說藝術與小說史的角度評述金庸，我沒有要將金庸拉近我們，讓讀者感覺金庸像是在我們身邊喝酒聊天的好朋友，不，相反地，我要提醒大家金庸的才智與小說技藝，和我們一般人有著多大的差距。更尊重、更佩服金庸的本事，可以讓我們願意更用心閱讀他的武俠小說，因而得到只有在微微仰望時才能得到的堅實收穫。

《金庸的武林》三冊本得以成書，要特別感謝遠流出版副總編輯鄭祥琳，她長年負責編印遠流版《金庸作品集》，不只對於金庸所有武俠作品能夠倒背如流，而且有過許多和金庸互動的寶貴、溫暖記憶。因而在甚至不需要查找原文的情況下，祥琳都能對我行文中關於金庸小說的許多轉述給予更準確的修改建議；也在一些牽涉金庸所思所言所行的段落，她提供了對金庸的認識，避免我做出不符事實、不適當的評述。因為她花下遠超過一般編輯工作的時間協助處理這套書，才讓讀者能讀到更緊實又更精確的內容。

不過當然，書中必定還有許多疏漏與錯誤，那都是我自己的責任，賴不了也不會賴。而任何我的缺失、不足，卻也絕對改變不了此書所要彰顯的最重要論點——金庸是一位了不起的小說家，他的小說值得一代一代的讀者，不只是持續地讀，而且是持續認真用心地精讀下去。

令狐冲「獨孤九劍」破箭式
——《笑傲江湖》

目錄

第四章 《鹿鼎記》超越民族主義的小人良知

第一章

《天龍八部》寓言裡的眾生相

01 金庸個性與武俠特性的衝突

武俠小說是一種非常特別的文類，它是徹底反寫實的。武俠小說的作者和讀者間存在一種不需言喻、彼此互信的默契——在任何一部武俠小說成立之前，這個默契就已經存在了——作者按照對這個默契的認識和理解去寫，讀者也按照這個默契去讀。

最簡單的，例如發暗器。如果有讀者看了小說描述，就從物理學去追究說：這可能嗎？我們的手臂能夠帶動多大的勁力？這股勁力要將一個小物件投射出去，它得有多快的速度？這樣的速度遇到空氣的阻力，它能夠飛多遠？如果要射到十公尺之外，它得要什麼速度？又例如輕功。依照人體結構，要讓一個六十公斤重的人跳起來飛到三層樓高，這個時候需要多大的動力？這股動力又如何可能在人的腿部肌肉上產生？

這是讀武俠小說的錯誤方式。如果用這種方式讀武俠小說，就沒有任何樂趣可言了，除非我們追求的是完全不一樣的樂趣。

在《哈利波特》系列小說最紅的時候，美國突然冒出一本奇書《哈利波特的魔法與科學》（*The Science of Harry Potter : How Magic Really Works*），就是真的用科學的方法，一一去檢驗哈利波特小說裡所寫的各種魔法。這有兩層用意。首先當然是告訴你說，絕大部分的魔法是不科學的。但它還有另一層則是提示我們，在科學上若是透過什麼方法，作者 J. K. 羅琳所想像的一些魔法也許會變成現實。

這本書很有趣，卻不是為了協助讀者去享受閱讀《哈利波特》的。我還看過另一本書，專門破解在電影上曾出現過的想像畫面。例如電影裡面經常會看到一種很噁心、可怕的畫面，出現了一隻放大了數百倍，和人一樣大，甚至像房子那麼大的蟲子，然後那個巨蟲的腳一撥，列車就翻倒了，造成了災難。但如果從科學上追究，如此巨大的昆蟲絕對不可能存在。

首先，很簡單的一件事，昆蟲被放大了一百倍，牠的重量也相應增加，這麼重的一隻蟲子，不可能憑靠這麼細的腳支撐，牠根本站不起來。想想大象，非得要有那麼粗的腿不可。還不只如此，大象的皮膚為什麼那麼厚？因為有內外壓力平衡的問題。一旦體積變大，內臟腔體產生的壓力和外面的壓力之間的差距也就更大。

所以，如果真的有蟲子放大到這麼大，只有一個簡單的結果——牠會爆開來，因為牠的軀殼太薄了，無法阻止內外兩種壓力差距所造成的可怕後果。對我來說，這種解說還蠻有用的，至少鬆了一口氣，不用擔心這個噩夢會成真。

回到武俠小說，要享受武俠的世界，就不能用寫實的方法去讀。只是從這個角度看，金庸在寫作武俠小說這個行業上是一個特例。明明武俠小說給予這麼大的虛構空間，可以天馬行空，可以有各種的不合常理，但是相對的，金庸卻著重對小說的緊密、嚴格掌控。

還是拿古龍與金庸作比較最為清楚。古龍每天動筆寫連載小說，最關鍵的一件事，不過就是想要怎麼開頭、怎麼結尾。例如，門口出現了一個人、一件暗器飛過來、牆角留有一塊血跡，那是昨天留下來的問題，於是得想想：這個問題今天到底怎麼解決？怎麼寫下去？把問題解決，也許寫了幾百字。然後再想：今天該怎麼收尾？也得要有一個鉤子。這個鉤子可能是外面突然傳來的聲音，可能是回頭一看身邊的人不見了。接下來是明天的事，明天再來想。

所以古龍的武俠小說連載時非常好看，一段一段看，一段一段地吸引你。但是將小說結集起來，從頭到尾連著看，有時就沒那麼好看了。古龍巔峯時期的作品，如《楚留香傳奇》、《蕭十一郎》、《天涯明月刀》、《流星蝴蝶劍》，或是《小李飛刀》、《多情劍客無情劍》，還有《絕代雙驕》，這幾部都很精彩。除此之外，古龍也寫了不少差強人意的小說，因為小說結構很容易就散掉了。這種「鬆散」，在連載的時候不會讓人感覺到，可是一旦連結成書，很容易產生一種感受：為什麼情節一直受到干擾，有太多的偶然事件，以及即使以武俠小說的標準來說都不太合理的事情不斷地發生。

以此對照金庸，就知道金庸多麼特別。

從《書劍恩仇錄》的初試啼聲到《鹿鼎記》的毅然封筆，一共經過十七年半的時間。之後，金庸又花了十年的時間，沒有任何新作品，而是將他的十五部小說重新修訂，一部都不放過，包括《鴛鴦刀》、《白馬嘯西風》，乃至他改寫《吳越春秋》裡「趙處女」故事的《越女劍》等短篇。說老實話，這幾部作品再怎麼改，仍然受到原來的框架所限，但他就是堅持。

以武俠小說這種文類的特點來看，古龍的個性正好適配，他瀟灑不羈，不受約束，可以寫得那麼自由。而金庸的表現卻有控制狂的一面。不過，金庸之所以成為一位成就如此高的武俠小說家，一部分原因就在於他內在的個性與武俠文類特性的衝突。

別人的武俠小說，是想到哪裡寫到哪裡，寫到哪裡想到哪裡，後面突然想起來了，也可以把前面的內容拉回來，這裡補一點，那裡挖一點。可是我們看金庸寫《倚天屠龍記》，這部小說清楚地示範了金庸的控制狂性格可以嚴格到什麼程度。《流轉江湖》書中曾分析過，這部百萬字的小說，竟然依循著一個嚴密的結構，故事的鋪陳拉得非常遠，卻是環環相扣，為的是光明頂上的驚天一役，讓張無忌一人打敗六大派高手，合理地化解了明教的危難，甚至成為明教教主；然後再以明教教主的身分，歷練江湖世故，以及更重要的情感教育。

只是《倚天屠龍記》寫完後，出現了一個奇怪的轉折，金庸創作了《天龍八部》，而和《倚天屠龍記》相比，《天龍八部》簡直沒有結構。

02 《天龍八部》是一部失敗之作嗎？

金庸從一開始就給每部小說一位清楚的主角，提到《書劍恩仇錄》就浮現陳家洛，《碧血劍》就是袁承志，再下來郭靖、楊過到張無忌、胡斐，再到《笑傲江湖》有令狐冲，《鹿鼎記》有韋小寶。金庸以主角貫串整部小說，讓敘事可以前後呼應，並用這種模式來控制結構。

但是《天龍八部》好奇怪，小說一開始上場的是誰呢？是段譽。情節一直繞著段譽在寫，在讀者看來，段譽應該就是主角了。可是自段譽被鳩摩智從大理擄至江南、接著目睹了杏子林的丐幫內鬨之後，也就是五冊本小說從第二冊中段一直到第三冊後半，段譽不見了。這一大段在寫什麼？寫喬峯（後來的蕭峯）的故事。

光是在敘事佈局上，金庸就打破了過去的習慣，《天龍八部》是雙主角。事實上，雙主角都還不太準確，因為除了有「北喬峯」，還有「南慕容」，慕容復在小說裡也佔了蠻多的篇幅。

《天龍八部》以一個全然不會武功的書獃子段譽開場，走了超過五分之一的情節，連喬峯這個人都沒出現過，讀者甚至不會留意「喬峯」的名字第一次出現是什麼時候。

那是伏牛派掌門被自己擅長的武功所殺，使得姑蘇慕容氏遭到懷疑，段正淳便想到了「北喬峯，南慕容」，這是中原武林對兩位拔尖人物的稱號。只是那個時候，讀者對「南慕容」的印象可能更深些，因為段譽在姑蘇水鄉遇到了阿朱阿碧，又遇到一見傾心的王語嫣，她們都和慕容家有關係，而「北喬峯」不過是與慕容復齊名而已。

直到段譽落寞地離開聽香水榭，來到無錫一間酒樓，遇到一名大漢，又見有人上樓和這大漢低聲講話，莫名其妙地就被對方邀來同坐對飲。說是同飲，不如說是鬥酒，還好段譽以時靈時不靈的「六脈神劍」將酒水從小指逼出，才能跟這大漢鬥了個旗鼓相當。

鬥完酒又比輕功，兩人彼此佩服，那大漢才自陳是喬峯。喬峯藉著和段譽鬥酒上場後，突然段譽就被丟到一邊，故事主軸一下子轉到了丐幫，而且就在杏子林中，展開了一場針對幫主喬峯的下屬叛變、陰謀陷害、身世揭露的高潮大戲。其後喬峯在聚賢莊和丐幫兄弟、中原英豪們喝酒絕交，以一敵百地酣戰一場，這是再戲劇性不過的場面。接著，喬峯和阿朱踏上了尋訪「帶頭大哥」的旅程，及至阿朱身死、喬峯帶著阿紫遠走塞外，這一寫就寫了一整冊篇幅，還是沒有段譽的影子。

這清楚地顯示，接在《倚天屠龍記》之後的大長篇《天龍八部》，金庸又在摸索、試驗，他要寫不一樣的小說。《倚天屠龍記》創造了嚴謹的武俠小說結構，到了《天龍八部》，卻變成結構上相對鬆散的作品。

重新修訂的《天龍八部》收有一篇附錄，是陳世驤先生寫給金庸的信。信裡說：

> 又有一不情之請：天龍八部，弟曾讀至合訂本第三十二冊，然中間常與朋友互借零散，一度向青年說法，今亦自覺該從頭再看一遍。今抵是邦（陳世驤到日本當訪問學者），竟不易買到，可否求　兄賜寄一套。尤是自第三十二冊合訂本以後，每次續出小本上市較快者，更請連續隨時不斷寄下。又有神鵰俠侶一書，曾稍讀而初未獲全睹，亦祈賜寄一套。並賜知書價為盼。原靠書坊，而今求經求到佛家自己也。

為什麼陳世驤可以跟金庸要書？不只因為陳世驤是一位金迷，與金庸有見面之誼，更重要的是當時陳世驤的身分，是美國加州大學柏克萊分校的文學教授，這樣一位在美國名校教書的學者，來跟金庸要書，你說金庸給還是不給？當然給。

在陳世驤那個年代，金庸小說是多少海外華人學者、留學生的精神食糧、重要消遣，而且朋友間的聚會最受歡迎的話題，往往就是討論金庸的武俠小說。

華人圈子喜談金庸，陳世驤在信中就提到，有青年朋友覺得《天龍八部》寫得「稍鬆散，而人物個性及情節太離奇」，陳世驤就笑著為金庸辯護，更重要的，為《天龍八部》「實一悲天憫人之作」辯護。

於是，從陳世驤這裡就留下了有趣的問題：《天龍八部》真的寫得很亂嗎？真的很不容易讀？作為文學教授的陳世驤，他又在這部小說裡讀到了什麼，以至為《天龍八部》留下「無人不冤，有情皆孽」的重要評價？他如何替金庸辯護呢？（第五篇會再詳談。）

此外，在《天龍八部》的〈後記〉中，金庸還提到「倪匡代筆」一事的過程：

「天龍八部」於一九六三年開始在「明報」及新加坡「南洋商報」同時連載，前後寫了四年，中間在離港外遊期間，曾請倪匡兄代寫了四萬多字。倪匡兄

> 代寫那一段是一個獨立的故事，和全書並無必要聯繫，這次改寫修正，徵得倪匡兄的同意而刪去了。所以要請他代寫，是為了報上連載不便長期斷稿。但出版單行本，沒有理由將別人的作品長期據為己有。在這裏附帶說明，並對倪匡兄當年代筆的盛情表示謝意。

這段話裡其實隱藏了一件金庸沒有攤開來說的事，在此之前，他的小說和倪匡之間就有過一次有趣的錯身。當年《倚天屠龍記》在《明報》連載結束，緊接著刊載《天龍八部》，就有報社想要請金庸續寫《倚天屠龍記》，因為有許多讀者想要繼續看張無忌的故事。不過金庸非常清楚他要寫什麼、不寫什麼，加上《明報》社務繁忙，金庸居然推薦倪匡來寫。金庸覺得，如果這世上有人可以續寫他的武俠小說，那就是倪匡，他認定倪匡有這樣的能力。可惜這件事後來並沒有實現，反而是在《天龍八部》連載時，有了倪匡代筆的機會。

金庸在〈後記〉裡的意思是，倪匡可以自己從中發展出一個獨立的故事，這樣金庸回來之後，就不需要接續倪匡寫的這些情節。可是倪匡自己承認，他太討厭阿紫這個角色，所以就把阿紫的眼睛給搞瞎了。原來好好的一個姑娘，現在變成了一個瞎子，那怎麼辦呢？金庸樂於見招拆招，雖然後來將倪匡寫的四萬多字刪去，卻保留了阿紫瞎眼的這一設定，創造了後面游坦之甘願贈眼、阿紫又把眼珠挖還給他的劇力十足的情節。這是《天龍八部》背後的故事。

在阿紫的故事線中，游坦之是一個重要的角色，某種程度上就是用他來映襯阿紫的惡。除此之外，游坦之還有一個作用，他是一個自願的被宰制者。游坦之當然很可憐，也夠倒楣，因為他迷戀上阿紫，甘願承受她所加諸的各種傷害。游坦之的故事，讓人聯想到法國小說《鐵面人》，據說來自法國國王路易十四爭奪王權的過程中一個可怕的陰謀論，藉此除掉可能和他爭奪王位的人。阿紫非常可惡，她想把游坦之這樣忠心、好擺佈的奴僕留在身邊，又怕被蕭峯發現了，就把整個鐵面罩套在他的頭上，讓他變成一個古怪的鐵頭人。

從《天龍八部》到《笑傲江湖》，再到《鹿鼎記》，金庸接續探討了什麼是權力、什麼又是權力的運作，更重要的，探討為什麼會有弱勢者去配合強權者，讓自己被這種方式宰制。這樣的心理和現象，成為這段時期金庸在小說中探索的一個重點。

從被害者如何配合加害者的這個角度看，游坦之是金庸小說裡一個重要的開端。故事繼續往下走，阿紫出身星宿派，帶出了星宿老怪丁春秋，再到聾啞老人蘇星河的珍瓏棋會，段譽才又現身，慕容復也首度正式亮相。但是段譽並未回歸主線，而是又冒出另一個主角和另一段故事，就是少林和尚虛竹。虛竹和無崖子、天山童姥的故事線，小說裡又寫了將近一冊篇幅。

到這個時候，我們真的不知道該怎麼看這部小說。原來以為的雙主角架構，顯然又被打破了。蕭峯當了遼國南院大王後就失去戲份，五冊本中整整第四冊都沒有蕭峯，直到第五冊開頭的少室山大會，蕭峯終於回來了，蕭峯、虛竹、段譽三個結義兄弟在天下豪傑面前大顯神威，帶頭大哥和雁門關案的真相也水落石出。到了第四十四回，又讓讀者嚇了一跳——鍾靈回來了！鍾靈是誰？她是小說第一回就和段譽一起上場、第一個主要的女角，為了要救鍾靈，才引出段譽失足墜到無量山谷後的所有奇遇。讀者幾乎都忘掉了鍾靈，以為金庸大概也忘了這個角色，沒想到她又出現了。

金庸為什麼這樣寫《天龍八部》，有一個理所當然的看法：金庸江郎才盡，要不然就是太忙了，所以失去了寫作焦點。為什麼說「理所當然」？這時的《明報》轉型後大獲成功，成為香港最重要的報紙之一。到了一九六五年，以當時香港三百多萬的人口，每天五、六萬份的《明報》是很大的發行量。《明報》憑什麼佔據香港大報的位置？因為它專門報導中國大陸的消息。《明報》是當時的第一大右派報紙，和從《人民日報》、《大公報》這些左派媒體報導的中國新聞完全不一樣。

不只是香港讀者，還有全世界的亞洲專家、中國研究者，都非常重視《明報》對於中國政治鬥爭中所發生的事件會怎麼報導，尤其是金庸的社論會怎麼寫。

金庸每天收到包括從中國大陸來的各種消息，一方面報導，一方面在他的社評裡做出解讀。中國爆發「文革」，金庸更無法置身於這個大變局之外，他的角色就成為替全世界解讀這個大變局的權威人士之一。

瞭解這個背景，我們可以體會，或者說可以原諒，可能金庸沒有精力再像以前那樣專注地寫武俠小說。如果用這個角度解讀，《天龍八部》就是一部失敗之作，因為結構鬆散，只能東寫一個、西寫一個。延續這個看法，也可以解釋《天龍八部》為何是當時金庸所有小說中連載時間最長的一部，因為他收拾不了，拉了太多人物線出去。

例如鍾靈再次出現，讓她在蕭峯故居照顧著被鳩摩智打傷的段譽，金庸一路都在收拾，將這些線頭一個一個拉回來。這和純粹就是跟著韋小寶一路寫，非常緊湊地寫出五冊本篇幅的《鹿鼎記》是很不一樣的。

如果這樣看《天龍八部》，讀者可能就會抱怨，認為金庸寫失手了。為什麼特別提到陳世驤？因為陳世驤對金庸的辯護很簡單，那就是《天龍八部》必須「不流讀」。究竟金庸是「不能也」，還是「不為也」？我們必須思考另一種可能性，就是金庸別有用意，本來就沒有要寫如《倚天屠龍記》那樣結構井然的武俠作品。

這種看法的一個重要線索，是《天龍八部》的書名。金庸在小說開頭，特別寫了一段〈釋名〉，告訴讀者：

> 「天龍八部」這名詞出於佛經。許多大乘佛經敘述佛向諸菩薩、比丘等說法時，常有天龍八部參與聽法。……「天龍八部」都是「非人」，包括八種神道怪物，因為以「天」及「龍」為首，所以稱為「天龍八部」。八部者，一天，二龍，三夜叉，四乾達婆，五阿修羅，六迦樓羅，七緊那羅，八摩呼羅伽。

金庸接著將這八個「非人」的神道怪物一一作了介紹，比如「天」是指天神，「夜叉」是鬼神，「緊那羅」是樂神等。

回到《天龍八部》的小說名，金庸很可能從一開始就沒打算要寫單一的主角。

一九六〇年代，香港左、右派報紙第二次大論戰的時候，梁羽生曾經用「佟碩之」筆名寫過一篇文章〈金庸梁羽生合論〉，總評梁羽生和金庸的武俠小說。文中特別提到，兩人的武俠小說都稱「新派」，但是「金庸接受西方文藝（包括電影）的影響較重」，也就是金庸小說中有比梁羽生小說更多來自西方的元素。這其中就包括了金庸創作《倚天屠龍記》所展現的特殊能力——用結構井然的方式寫武俠小說，這絕對不是中國古典小說、更不是傳統武俠小說的寫法。

近代武俠小說源自平江不肖生，他的開山之作是《江湖奇俠傳》，接著又寫《近代俠義英雄傳》，都叫做「傳」。稱「奇俠傳」，這明顯是「列傳」，不是一個俠，而是一群俠並排開來。例如《江湖奇俠傳》中最知名的「火燒紅蓮寺」故事，主角是紅姑，但在小說裡，紅姑只是其中一位奇俠。不管是平江不肖生的《江湖奇俠傳》，還是傳統武俠小說中敘事最龐大、揮灑最淋漓盡致的還珠樓主的《蜀山劍俠傳》，都不是單一的主角，而是每一段各有主角。

那麼多的奇俠，如何將他們放在一起成為一部小說呢？這就要再往上溯源到中國的說書傳統，如章回小說或更早的話本。用最簡單的形容，可以將它描述成「像打彈子一樣」，一顆球撞到另一顆球，再用那顆球去撞另外的球。對應到小說裡，就是本來的主角遇到了另一個角色，於是作者就把焦點移到新的角色上，原來的主角就被擺到一邊了。這樣一路延伸，就會有很多不同的角色連番地在不同的段落作為敘事中心。

所以可以這麼說，金庸的《天龍八部》回到了《江湖奇俠傳》的傳統，寫的是一個個不一樣的奇人故事。

作為新派武俠小說家，從陳家洛、袁承志、郭靖，再接著楊過、胡斐、張無忌……，金庸明確揚棄了舊派的寫法，而以主角的成長為核心來推動內容；可是到了《天龍八部》，金庸卻蓄意回到傳統的敘事形式。讀者閱讀《天龍八部》時，需要擴大主角的概念，不只是段譽、蕭峯（喬峯）、虛竹，慕容復、游坦之都是其中一小段情節的主角。還有像是大反派丁春秋，也有他自己主宰的那個段落，當然更不能忘掉段正淳，小說中幾個重要女角的命運，都是由於段正淳年輕時的風流債引發了各種各樣的牽扯。

如果順著「奇俠傳」的文類結構來看，金庸寫《天龍八部》就說得通了。這並非金庸江郎才盡，而是他再度選擇了一種自己未嘗試過的、借用傳統老路子的手法。同時金庸仍有所突破，《天龍八部》的江湖奇俠系譜，還運用了更高明的手段將之一一兜合，比如所有的主角最終都能聚集在同一個舞臺（少林大會）上，進行頂尖對決；所有零散的線頭，其實還是有隱形的暗線將之串連。讀《天龍八部》，就應該瞭解它的敘事組合手法，以及背後所透現出來的特別創意。

03 如何將庶民寫成英雄

除了回到傳統，金庸在《天龍八部》的人物設定上，也清楚地展現出他思想上的變化。

創作武俠小說之初，金庸塑造的主角有著非常強烈的貴族傾向。《書劍恩仇錄》的主角陳家洛，是海寧世家門第陳閣老的兒子；《碧血劍》的主角袁承志，則是遼東將軍袁崇煥的兒子。

金庸的第一部小說為什麼抬出陳閣老的公子作為主角？因為金庸自己是海寧查家的公子。中國沒有真正的貴族，海寧查家是變形的貴族——一個知識世家。金庸寫武俠小說很在意身世，就連郭靖、楊過都有非常清楚的家世，分別是梁山泊郭盛頭領和岳飛麾下楊再興將軍的後人。這些家世，在他越早期的小說中就越顯重要。

但是從《連城訣》到《俠客行》，情況有了改變，金庸開始寫沒有身世的主角：狄雲就是一個被師父收養的鄉下小子，石破天連自己名字都搞不清楚，更談不上有什麼家世。或許可以這樣說，相較於早期金庸小說的男主角，狄雲、石破天他們都是底層人物。

《俠客行》裡的石破天是個不折不扣的乞丐，被養母拋棄，沒有身世，只知道自己叫「狗雜種」。小說寫到最後，金庸的姿態也很耐人尋味，看來石破天的身世之謎要揭開了，種種跡象都指向石破天就是石清和閔柔遭擄走的兒子、石中玉的弟弟，但金庸這時候卻突然收手，讀者仍然沒有得到真確的答案。

為什麼要收手？或許金庸也受到階級反轉後的新意識所影響。金庸雖然有海寧查家的家世背景，可是他這個時候不得不面對，或者說要考驗自己，能不能將庶民寫成英雄，寫出他的高貴性？在金庸後期創作的三部大長篇《天龍八部》、《笑傲江湖》及《鹿鼎記》中，這種意圖越來越明顯。

《天龍八部》裡的蕭峯，原本是個被喬氏農家收養的孤兒，出身低微，金庸還要更進一步地將他從漢人變成契丹人，在當時宋遼對峙的中原武林，成為「非我族類，其心必異」的被鄙棄身分。金庸充分運用蕭峯的身世這一線索，安排了一前一後兩個驚天動地的大陰謀，最終將蕭峯推至自殺止戰的結局，成功塑造了悲劇英雄的巔峯形象。

在《天龍八部》中，一個非常有趣的對比就是段譽和蕭峯。段譽出身大理皇家、慕容復是大燕皇室後裔，這兩人活脫脫就是從原來的貴族脈絡來的，但是段譽一心只念著王語嫣，慕容復不擇手段也想要復國，這兩人算不上是武林英雄。

這並非偶然，而是金庸刻意的佈局。到這個時候，他已經寫膩、寫夠了這些世家出身，不管是段譽或慕容復代表的皇族血脈，對金庸來說，已經不再是他的小說裡書寫的核心主題。他要讓沒有身世來歷的庶民主角，用他們素樸的個性來吸引讀者，得到讀者認同。

04 從蕭峯開始，重新審視民族主義

如果用一種比較世故的眼光來讀金庸小說，可以看到金庸所認定的善惡，比其他武俠小說作者要來得複雜。就像真實的人世間，沒有絕對的好人、也沒有絕對的壞人，關鍵是從什麼角度看。

金庸的武俠小說寫了很多有偏執個性的人，在偏執人物中要分辨好人或壞人更難。比如黃藥師到底是好人還是壞人？連帶黃藥師的女兒黃蓉，要判定她真的就是好人，也沒那麼容易。不過，就在寫這種複雜的善惡觀念的同時，在某個領域金庸仍然讓讀者是放心的，那就是他的民族、種族主義觀。

兩個或多個民族間的衝突，是金庸樂此不疲的書寫主題，《書劍恩仇錄》有反清的漢人、抗清的維吾爾人，《碧血劍》是漢、滿爭霸，「射鵰三部曲」中漢人先是抵禦女真、後來對抗蒙古……，這樣的種族立場之分，最主要牽涉到對於入侵者

的厭惡。

回到作者的生平，這一點並不意外。金庸這樣的態度其來有自，畢竟他是在對日抗戰時期長大的，有他特殊的成長經驗。金人與漢人、蒙古人與漢人，基本上都是他年少時抗戰經歷的一種曲折、變形的投射。如此一路讀下來，到了《天龍八部》，金庸竟然以契丹人蕭峯作為小說主角，即使不是唯一的主角，這都是很大的突破。

回頭查一下金庸的傳記資料，一九六四年《天龍八部》正在連載之際，金庸第一次去了日本。這不是偶然的旅遊訪問，而是一次工作造訪，此時的《明報》因為兩年前報導「難民潮」而聲名大噪，發行量遽增。

成為一家大報社的負責人，必然會帶來開拓的眼光和閱歷。例如這個時候開始，金庸每年有一件固定的工作，就是去參加國際新聞協會年會。為此他去了很多地方，也不是每次都是愉快的經驗，因為時間很緊繃，參加活動的那幾天，他得先將社論寫好，還要寫武俠小說的備稿。

金庸每天都要寫社論，當年可不像今日這麼便捷，可以上網看看新聞，寫了稿子就馬上回傳。在那個年代，金庸不管到多遠的地方，都得把未來幾天的社論先寫好了。換句話說，他要能夠預見未來，才能預先留下社評稿件。當然，編輯臺還是要看具體狀況。如果近日發生的事情和金庸留下的社評實在差得太遠，還是必須撤換，但據說這種情況很少發生，一方面他眼光看得準，另一方面他也懂得怎麼避免觸碰那些可能快速變化的題材。

這次去日本，也是參加國際新聞協會的活動，藉此機會參觀了日本第一大報《朝日新聞》總部。日本報業規模給金庸帶來的震撼，對於他的寫作相當重要。也就是這幾年寫《天龍八部》的時候，他的時代感，尤其是國際觀，相較於前期的作品又很不一樣了。

在「射鵰三部曲」中，金庸仍然處於過去的抗戰心態；可是從《天龍八部》開始，他顯然要跟自己的過去和解，要用另一種態度面對自己的過往，重新檢討抗戰心態在他身上所建立的這一套價值系統。

曾經，金庸將抗戰時的那種民族主義情緒，尤其是民族仇恨，當作不需要解釋、理所當然的價值，這的確也是他在武俠小說裡一貫表現的基本觀念，同時也是小說最受歡迎的部分之一。只是隨著視野逐漸拓寬，他越來越意識到這不對勁。他明明不相信、也不會簡單地告訴讀者，好人就是好人，壞人就是壞人，但為什麼在種族的標準上，漢人和外族（不論是金人、蒙古人還是滿洲人）可以用這種方式截然劃分呢？在漢人和蒙古人的無數衝突中，漢人一定是對的嗎？

《倚天屠龍記》裡，金庸做了一點修正，趙敏是蒙古郡主，也是聰敏果決、敢愛敢恨的人。然而趙敏還是和《天龍八部》的契丹人蕭峯不一樣。一來，趙敏只是個女角，而武俠小說通常是以男主角為核心，作為敘事上的優先；二來，這裡還是有性別差異、性別歧視在內，金庸讓趙敏依從「嫁雞隨雞，嫁狗隨狗」的傳統觀念，相當於讓她放棄自己蒙古人的身分，變成了漢人，種族認同也因此不再成為問題。

如此更凸顯出《天龍八部》特殊之處，從喬峯到蕭峯，小說男主角直接從漢人變成了契丹人。這裡不再存在曖昧轉圜的空間，不僅是問契丹人裡有沒有好人，而是小說中絕對的大英雄就是一個契丹人。

喬峯一上場，就在杏子林丐幫大會中被人揭露不是漢人而是契丹人，中原武林因而對他加諸了各種的侮辱及仇視。為了查明自己的身世，喬峯到處去找證據，他和阿朱到了雁門關外，金庸特別寫了一段關鍵的轉折。

喬峯看到了什麼？他看到漢人官兵「打草穀」擄來了契丹牧民，正在欺負契丹女人和孩子。在此之前，喬峯心裡還存著一絲希望，所有對他的身世構陷都是謊言，然而當他親眼看到這個直接挑戰他正義尺度的場面，他不得不問自己：為什麼我非得堅持自己是個漢人不可？我做一個契丹人不行嗎？

喬峯緩緩的道：「我一向只道契丹人兇惡殘暴，虐害漢人，但今日親眼見到大宋官兵殘殺契丹的老弱婦孺，我……我……阿朱，我是契丹人，從今而後，不再以契丹人為恥，也不以大宋為榮。」

金庸在《天龍八部》中，一同正視、面對自己過去的「漢本位」偏見。這一點極為感人。同時他也檢討，種族身分真的這麼重要嗎？如果有一個人，所有的人都因為他的成就或功績而尊敬他，但一夕之間，他的種族身分改變了，我們就該推翻、否定過去之所以敬重他的所有認知和理由嗎？

放到二十世紀六〇年代的環境下，金庸也有可能受到了美國民權運動的影響。美國民權運動史上有一個非常重要的判決案例，就是「Loving v. Virginia」。這兩個英文字剛好都帶有奇特的雙關意味。Virginia 就是美國維吉尼亞州，virginia 同時也是處女的意思；Loving 則是這個案件的訴訟當事人，他真的姓 Loving，Loving 也是 love（愛）的動名詞。為什麼會有這件案子？因為當時的維吉尼亞州法仍然禁止跨種族通婚。Loving 是白人，娶了一位黑人太太，他們特意到華盛頓特區（Washington, D.C.）結婚，再回到維吉尼亞家鄉，不久卻被逮捕，檢察官指控他們觸犯了刑法。法官給他們兩個選擇，如果要繼續待在維吉尼亞州，就要坐一年牢，而且婚姻無效；否則就離開維吉尼亞州，二十五年不得回來。這對夫婦一直上訴到聯邦最高法院，最後獲得勝訴，判決裁定禁止異族通婚的法律違憲。

在此之前，美國加州還有一個案子，也是判決一對夫婦的婚姻無效，只因為太太擁有八分之一的黑人血統。到底一個人的種族該如何判定？即使只有八分之一的血統，還是被認定為黑人？黑人不能和白人通婚，根本道理是什麼？「避免血統的腐化」、「避免種族自尊的喪失」，如今看來似乎頗為荒謬。種族有這麼重要嗎？種族會如何影響一個人的人格或行為？

從漢人喬峯成為契丹人蕭峯，我們幾乎可以聽到金庸的獨白：如果你認為之前的喬峯是個好人，怎麼可能就這樣接受，一旦他變成了契丹人，就是個禽獸一般、賣國叛友的壞人？他有充分的能力和膽識做丐幫幫主，一旦他變成了契丹人，這樣的能力反而成為中原武林最深的隱憂？聚賢莊喝酒絕交，將喬峯逼成了敵人，只因為他們害怕喬峯發現並承認自己是契丹人後，就有可能變成另一個人？在《天龍八部》裡，藉由中原羣豪自劃界線的種種行為，金庸暴露出這個偏見的可笑與可悲。

還是阿朱說得好：

阿朱……知他已解開了心中這個鬱結，很是歡喜，道：「我早說胡人中有好有壞，漢人中也有好有壞。」

從喬峯到蕭峯，是《天龍八部》在種族議題的巨大突破。我們不得不佩服金庸的勇氣，他正視、挑戰自己，破除「漢本位」立場，更重要的，這是他原來所相信、甚至在自己的小說裡所提倡過的。

05 書名裡的人間寓言

《天龍八部》五冊本收了兩封陳世驤寫給金庸的信作為附錄，一封寫於一九九六年四月，另外一封是一九七〇年十一月寫的。

一九六六年那個時候，《天龍八部》已接近連載尾聲，陳世驤和許多海外華人都是追看報紙連載後出版的普及本或合訂本。在這封信裡，他談到了自己是怎麼理解《天龍八部》這部小說的。這兩封信常被讀者忽略，趁此機會帶著大家再讀一遍。

信的開頭當然是客客氣氣地打招呼：「金庸吾兄：去夏欣獲瞻仰，並蒙錫尊址，珍存，返美後時欲書候，輒冗忙倉促未果。」意思是說，得到你留給我的地址，本來回到美國就應該寫信問候，但是因為太忙了，現在才寫。

接著立刻就切入重點：「天龍八部必乘間斷續讀之，同人知交，欣嗜各大著奇文者自多，楊蓮生、陳省身諸兄常相聚談。」因為《天龍八部》還在連載，讀得斷斷續續的，大家也經常一起聊金庸小說。這裡特別提到一位是加州大學柏克萊分校數學系教授、也是二十世紀最重要的華人數學家陳省身，還有哈佛大學教授、知名文史學家楊蓮生（楊聯陞），楊蓮生是余英時的老師。

後面一句則是遺憾：「惟夏濟安兄已逝，深得其意者，今弱一個耳。」夏濟安曾任臺大外文系教授，當時在加州大學柏克萊分校做研究工作，是一位文學專家，對於金庸小說也有特別看法。

陳世驤接著又說：「青年朋友諸生中，無論文理工科，讀者亦眾，且有栩然蒙『金庸專家』之目者，每來必談及，必歡。」不只是老師輩，連在學生當中，金庸小說也非常受歡迎，甚至有一些人就自詡為或別人推崇為「金庸專家」。

再下來，「間有以天龍八部稍鬆散，而人物個性及情節太離奇為詞者。」討論到正在連載的《天龍八部》時，常聽到的意見就是《天龍八部》結構較鬆散，人物個性和情節過於離奇不可信。「然亦為喜笑之批評，少酸腐蹙眉者。」意思是說，就算這樣批評，大家還是說得高高興興，不是真的那麼認真討厭。

於是在這種氣氛下，陳世驤也就輕鬆地跟大家解釋：「弟亦笑語之曰，『然實一悲天憫人之作也……蓋讀武俠小說者亦易養成一種泛泛的習慣，可說讀流了，如聽京戲者之聽流了，此習慣一成，所求者狹而有限，則所得者亦狹而有限，……』」

他是說，那是因為大家沒有讀懂《天龍八部》。武俠小說讀得太多，就會產生一種趨向、習慣，覺得讀武俠小說就是要讀到某種內容，否則就讀不進去。就像聽京劇，就是想要聽到這樣的唱腔，看到這樣的做功。所求的只是自己知道的、習慣的，那麼得到的當然也就不會多。

他自己怎麼讀金庸小說呢？「此為讀一般的書聽一般的戲則可，但金庸小說非一般者也。」如果用慣常的方法讀金庸小說，就會錯過重點。

「讀『天龍八部』必須不流讀」，怎麼個不流讀法呢？「牢記住楔子一章。」陳世驤所說的「楔子」，就是《天龍八部》在《明報》連載時的開篇〈釋名〉，後來也增訂收入五冊本中，解釋什麼叫做「天龍八部」。而金庸最初的構想，是要寫八個故事，這八個故事互有連繫，再組成一個大故事。

陳世驤說，要先好好地讀這篇〈釋名〉，「就可見『冤孽與超度』都發揮盡致。書中的人物情節，可謂無人不冤，有情皆孽，要寫到盡致非把常人常情都寫成離奇不可。」

天龍八部指的是八種怪物、八種「非人」。比如「天」：「『天』是指天神。

在佛教中，天神的地位並非至高無上，只不過比人能享受到更大、更長久的福報而已。」

「『龍』是指龍神。佛經中的龍，和我國傳說中的龍大致差不多，不過沒有腳，有時大蟒蛇也稱為龍。……古印度人對龍很是尊敬，認為水中生物以龍的力氣最大」，而陸上生物則以象的力氣最大，「因此對德性崇高的人尊稱為『龍象』。」

再來是「夜叉」。「『夜叉』是佛經中的一種鬼神，有『夜叉八大將』、『十六大夜叉將』等名詞。」「夜叉」的本義是什麼呢？「是能吃鬼的神，又有敏捷、勇健、輕靈、秘密等意思。……現在我們說到『夜叉』都是指惡鬼。但在佛經中，有很多夜叉是好的，夜叉八大將的任務是『維護眾生界』。」

第四是「乾達婆」。「『乾達婆』是一種不吃酒肉、只尋香氣作為滋養的神，是服侍帝釋的樂神之一，身上發出濃烈的香氣。」

再下來是「阿修羅」。「『阿修羅』這種神道非常特別，男的極醜陋，而女的極美麗。阿修羅王常常率部和帝釋戰鬥，因為阿修羅有美女而無美好食物，帝釋有美食而無美女，互相妒忌搶奪，每有惡戰，總是打得天翻地覆。我們常稱慘遭轟炸、屍橫遍地的大戰場為『修羅場』，就是由此而來。」

第六種是「迦樓羅」。「『迦樓羅』是一種大鳥，翅有種種莊嚴寶色，頭上有一個大瘤，是如意珠。此鳥鳴聲悲苦，以龍為食。」這裡的「龍」，指的是大毒蛇。

還有第七種「緊那羅」。「『緊那羅』在梵語中為『人非人』之意。他形狀和人一樣，但頭上生一隻角，所以稱為『人非人』，善於歌舞，是帝釋的樂神。」最後一種是「摩呼羅迦」。「『摩呼羅迦』是大蟒神，人身而蛇頭。」

這是八種不一樣的「非人」形象，當然小說裡沒有寫什麼吃鬼的、吃龍的角色，金庸最後解釋：

> 天龍八部這八種神道精怪，各有奇特個性和神通，雖是人間之外的眾生，卻也有塵世的歡喜和悲苦。這部小說裏沒有神道精怪，只是借用這個佛經名詞，以象徵一些現世人物，就像「水滸」中有母夜叉孫二娘、摩雲金翅歐鵬。

這許多不一樣的「非人」的性格、「非人」的作為，正是要作為芸芸眾生的象徵。陳世驤告訴那些讀不懂的人：

> 書中的世界是朗朗世界到處藏著魍魎和鬼蜮，隨時予以驚奇的揭發與諷刺，要供出這樣一個可憐芸芸眾生的世界，如何能不教結構鬆散？這樣的人物情

節和世界，背後籠罩著佛法的無邊大超脫，時而透露出來。

讀《天龍八部》，要從兩個方向理解。一個方向是，金庸寫的是一則龐大的寓言。我們存在的這樣一個自以為正常的世界裡，其實到處都藏著魑魅魍魎，藏著這些非人的怪物。金庸是用武俠小說的方法，誇張地呈現魑魅魍魎。重點不在寫這些魑魅魍魎，而在藉此寓言地描寫芸芸眾生。

另一個方向是，讀《天龍八部》的樂趣，甚至可以說基本的功課，就是讀到了小說中任何一個角色，就忍不住想一下、比對一下，誰是「夜叉」，誰是「阿修羅」，誰又是「乾達婆」？小說一開始就說，佛經裡這八種神道怪物各有清楚的形象，不就是明白地告訴讀者，讀《天龍八部》時就應該將這八種「非人」的意象放在心上嗎？比如虛竹，他在不在這八類之中？蕭峯又是哪一類？阿紫身上顯然有非常清晰的「非人」特質，又是這八部中的哪一部？

在《釋名》中，金庸對這八部還有闡述，比如「天」神，祂也逃脫不了無常，有衰敗的一日。天神臨死前有五種症狀：「衣裳垢膩、頭上花萎、身體臭穢、腋下汗出、不樂本座」，佛教名詞叫做「天人五衰」。日本小說家三島由紀夫切腹自殺前寫的最後一部小說《豐饒之海》，第四部就稱為《天人五衰》，典故也是從這裡來的。

這是天神最大的悲哀，連祂都抵抗不了時間。天神能夠享受更長久的福報，可是等到祂面對死亡的時候，「天人五衰」那樣一種衰敗也就更加不堪。依照這樣的描述，什麼角色在這部小說裡最有可能代表「天」？

再來說「龍」。德性崇高的人，可以尊稱為「龍」。〈釋名〉中又提到一個故事：「龍王之中，有一位叫做沙竭羅龍王，他的幼女八歲時到釋迦牟尼所說法的靈鷲山前，轉為男身，現成佛之相。她成佛之時，為天龍八部所見。」意思是，本來女子是不能成佛的，可是這位龍王生下的幼女有特別的慧根，聽了釋迦牟尼說法之後，甚至連性別都變了，成為一個男身，才能夠成佛。

「夜叉」是吃鬼的神，有敏捷、勇健、輕靈、秘密等不同的意思，是維護眾生界的。也就是說，夜叉表面上看起來可怕，大家都害怕祂，甚至討厭祂，但祂其實護衛著所有的人。

再來，「乾達婆」身上都是香味，祂遠離世間的其他誘惑，只尋香氣，吸取自然界最精華的物事作為祂的食糧。〈釋名〉中還說：「『乾達婆』在梵語中又是『變幻莫測』的意思，魔術師也叫『乾達婆』，海市蜃樓叫做『乾達婆城』。香氣和音樂都是縹緲隱約，難以捉摸。」從音樂、香氣、變幻莫測這些線索，小說中對應的角色可說呼之欲出？

「阿修羅」的性格重點在哪裡？祂和帝釋大打出手，打到寸草不生般的「修羅場」，關鍵就在於嫉妒。嫉妒是所有可怕的悲劇與殘酷的殺伐最根源的一種情緒，也是造成恐懼的來源。「阿修羅王權力很大，能力很大，就是愛搞『老子不信邪』、『天下大亂，越亂越好』的事。阿修羅又疑心病很重，……阿修羅聽佛說法，疑心佛偏袒帝釋，故意少說了一樣。」佛經曾提到，當釋迦牟尼說法，說「五眾」，祂就抗議說：你跟帝釋講六眾，為什麼跟我就少講了一個？當釋迦牟尼說「四聖諦」，疑心的阿修羅又說：不對，你跟帝釋都講五聖諦，跟我講少了一個。這就是阿修羅的個性。

「迦樓羅」和龍是敵對的，專門吃龍，「牠每天要吃一個龍王及五百條小龍。到牠命終時，諸龍吐毒，無法再吃，於是上下翻飛七次，飛到金剛輪山頂上命終。因為牠一生以龍（大毒蛇）為食物，體內積蓄毒氣極多，臨死時毒發自焚。肉身燒去後只餘一心，作純青琉璃色。」這隻大鵬金翅鳥一輩子吃龍，累積成為身體裡的毒素，最後肉身去盡後卻留下了最珍貴的心。

這一個個神怪，不只是祂們的形象，更重要的，祂們之所以作為「非人」干擾人間，有各自特別的作用。金庸將祂們收納在一起，告訴我們，每一個怪物其實就象徵、代表著人的狀態中的一種極端。

比如阿修羅，就是一種極端的情緒，或者說，極端情緒引發的一種宿命——嫉妒和疑心，就足以毀滅這整個世界，或是創造出最可怕的人間地獄。

陳世驤說《天龍八部》是「無人不冤，有情皆孽」，正因為這些「非人」的形象混跡在人的世界裡，彰顯出人間種種瘋魔般的貪嗔癡恨，以及所導致的，人間為什麼會有這麼多的災難、這麼多的痛苦。

陳世驤明白地說，要寫這樣一部小說，怎麼可能結構井然？這樣的小說必然鬆散，因為要寫這麼多類型，發展各自的故事，必然離奇，藉由「非人」概念，將人的各種反應和情緒推到了極端，當然就顯離奇。

金庸將陳世驤的信函收在書冊的附錄裡，用意明顯。

06 珍瓏棋局：人們如何下棋，便會如何失敗

《天龍八部》第三十一回有一場棋會，是逍遙派掌門無崖子花了三年工夫擺出的一個「珍瓏」。小說中藉由姑蘇慕容門下的公冶乾之口向讀者解釋：

> 鄧百川低聲問道：「二弟，甚麼叫『珍瓏』？」公冶乾也低聲道：「『珍瓏』即是圍棋的難題。那是一個人故意擺出來難人的，並不是兩人對弈出來的陣勢，因此或生、或劫，往往極難推算。」尋常「珍瓏」少則十餘子，多者也不過四五十子，但這一個卻有二百餘子，一盤棋已下得接近完局。

無崖子擺了這個「珍瓏」，由他的弟子聰辯先生蘇星河主持棋局。這場棋局吸引了好幾個圍棋高手前來挑戰，可是基本上都失敗了，金庸也描寫了每一個人失敗

的經過。

其中一個失敗者是「函谷八友」的棋迷范百齡，他也是蘇星河的徒弟。很顯然他功力不夠，光是在心中計算下子的幾步，就因為棋勢太過複雜而頭昏腦脹，結果連一顆子都還沒下，就受了內傷，口吐鮮血。

有一個人實際下了，那是段譽。他怎麼下的呢？⋯

萬籟無聲之中，段譽忽道：「好，便如此下！」說著將一枚白子下在棋盤之上。蘇星河臉有喜色，點了點頭，意似嘉許，下了一著黑子。段譽將十餘路棋子都已想通，跟著便下白子，蘇星河又下了一枚黑子，兩人下了十餘著，段譽吁了口長氣，搖頭道：「老先生所擺的珍瓏深奧巧妙之極，晚生破解不來。」眼見蘇星河是贏了，可是他臉上反現慘然之色，說道：「公子棋思精密，這十幾路棋已臻極高的境界，只是未能再想深一步，可惜，可惜。唉，可惜，可惜！」他連說了四聲「可惜」，惋惜之情，確是十分深摯。

為什麼段譽會讓蘇星河如此反應？原來這場棋會真正的目的，是要為他師父無崖子尋得「聰明俊秀的少年」作為關門弟子，而段譽實為極佳的人選。段譽為什麼失敗？其中一個因素是，他在大理無量山石洞裡曾經見過這個「珍瓏」，由此想起了洞中的「神仙姊姊」，也就不可能那麼專心地好好下棋。

接著上場的是「北喬峯，南慕容」的慕容復，這是他第一次正式登場。慕容復試圖要破解「珍瓏」時，卻被突然闖進來的一個人逼著對弈，那是聰明絕頂的鳩摩智：

慕容復對這局棋凝思已久，自信已想出了解法。可是鳩摩智這一著卻大出他意料之外，本來籌劃好的全盤計謀盡數落空，須得從頭想起，過了良久，才又下一子。

鳩摩智運思極快，跟著便下。兩人一快一慢，下了二十餘子，鳩摩智突然哈哈大笑，說道：「慕容公子，咱們一拍兩散！」慕容復怒道：「你這麼瞎搗亂！那麼你來解解看。」鳩摩智笑道：「這個棋局，原本世人無人能解，乃是用來作弄人的。小僧有自知之明，不想多耗心血於無益之事。慕容公子，你連我在邊角上的糾纏也擺脫不了，還想逐鹿中原麼？」

這句話讓慕容復心頭一震，他之所以名字叫「復」，就是要興復燕國，恢復他們慕容家在歷史上曾經有過的榮光，所以他：

> 一時之間百感交集，翻來覆去只是想著他那兩句話：「你連我在邊角上的糾纏也擺脫不了，還想逐鹿中原麼？」眼前漸漸模糊，棋局上的白子黑子似乎都化作了將官士卒，東一團人馬，西一塊陣營，你圍住我，我圍住你，互相糾纏不清的廝殺。慕容復眼睜睜見到，己方白旗白甲的兵馬被黑旗黑甲的敵人圍住了，左衝右突，始終殺不出重圍，心中越來越是焦急：「我慕容氏天命已盡，一切枉費心機。我一生盡心竭力，終究化作一場春夢！時也命也，夫複何言？」突然間大叫一聲，拔劍便往頸中刎去。

慕容復下個棋，竟然下到差點自殺。接著又來了一個人，那是四大惡人之首段延慶。段延慶怎麼下？

> 段延慶下一子，想一會，一子一子，越想越久，下到二十餘子時，日已偏西，玄難忽道：「段施主，你起初十著走的是正著，第十一著起，走入了旁

門，越走越偏，再也難以挽救了。」段延慶臉上肌肉僵硬，木無表情，喉頭的聲音說道：「你少林派是名門正宗，依你正道，卻又如何解法？」玄難嘆了口氣，道：「這棋局似正非正，似邪非邪，用正道是解不開的，但若純走偏鋒，卻也不行！」

段延慶左手鐵杖停在半空，微微發顫，始終點不下去……

寫到這裡，金庸才揭露這個「珍瓏」的玄妙——「這個珍瓏變幻百端，因人而施，愛財者因貪失誤，易怒者由憤壞事。」接著一一解釋這些人是怎麼失敗的：

> 段譽之敗，在於愛心太重，不肯棄子；慕容復之失，由於執著權勢，勇於棄子，卻說甚麼也不肯失勢。

慕容復和段譽正好相反，他所有考慮皆是大局為重，因此要犧牲、放棄掉一些棋子也可以不在意，卻怎麼樣都不能委屈自己，讓自己的勢力有所損傷，這是另外一種執念。

段延慶生平第一恨事，乃是殘廢之後，不得不拋開本門正宗武功，改習旁門左道的邪術，一到全神貫注之時，外魔入侵，竟爾心神盪漾，難以自制。

段延慶本來是大理國太子，卻因奸臣叛亂而與皇位失之交臂，殘廢後心性大變，武功也走向偏門，這一段由正轉邪的痛苦經歷，就反映在他下棋的棋路上。

每個人下棋的方式，決定了他失敗的原因；反過來看，這個人如何失敗，也反映出他的個性或執念，這正是自己改變不了、也勘破不了的弱點。

金庸寫這場棋局的同時，也將它寫成了這三個人命運的巨大隱喻：段譽天性善良，真誠地對待每個人，也往往使他陷入險境；慕容復每一次遇到挫折，都是因為他野心太大、私心太重，無法顧及細節；段延慶從太子淪落江湖，權勢的眷戀讓他始終心有不甘，將自己搞到「惡貫滿盈」的偏路，再也回不了頭。

前來入局的下棋者都失敗了，那「珍瓏」要怎麼破呢？還是真如鳩摩智所言，這個棋局根本就是設來捉弄人的？這也是鳩摩智的個性，他太聰明了，所以他沒有信仰，沒有堅持，將所有的一切都視為遊戲。

但金庸有可能隨便設計一個根本就破解不了的棋局嗎？不是的，這個棋局被虛竹解開了。只是虛竹這小和尚武功不佳，棋術低劣，和師兄弟比武、下棋的時候，一向勝少敗多。換句話說，他根本連上場去跟聰辯先生對弈的資格都沒有。

為什麼反而是他破解了這個「珍瓏」呢？那是因為他不忍心看到段延慶落入棋局的迷障中，受丁春秋的言語蠱惑而走火入魔，像慕容復那般一步步走上自殺之路。他為了要救人：

虛竹慈悲之心大動，心知要解段延慶的魔障，須從棋局入手，只是棋藝低淺，要說解開這局複雜無比的棋中難題，當真是想也不敢想。……突然間靈機一動：「我解不開棋局，但搗亂一番，卻是容易，只須他心神一分，便有救了。既無棋局，何來勝敗？」

他想到的辦法就是去搗亂它：

（虛竹）快步走上前去，從棋盒中取過一枚白子，閉了眼睛，隨手放在棋局之上。

這一步棋，被金庸描寫得比「神來之筆」還要更加神奇。虛竹將白子放在哪裡？放在圍住白棋的這一大塊局勢裡的「眼」——這是好不容易做出來，保護自己這一塊棋的。眼要兩個，才能維持活棋，他竟然填實了一眼，對手黑子就可以一下子吃一大片白子。

會下棋的人，都不可能下這樣的棋。但是就像《俠客行》裡的石破天，因為不識字，反而不看字義只觀字形，將一個個蝌蚪文字還原成圖像，這才破解了「俠客行」神功。

虛竹也是一樣，因為棋力低微而胡亂下子，反而就對了：

> 這一步棋，竟然大有道理。這三十年來，蘇星河於這局棋的千百種變化，均已拆解得爛熟於胸，對方不論如何下子，都不能逾越他已拆解過的範圍。但虛竹一上來便閉了眼亂下一子，以致自己殺了一大塊白子，大違根本棋理，任何稍懂弈理之人，都決不會去下這一著。那等如是提劍自刎、橫刀自殺。豈知他閉目落子而殺了自己一大塊白棋後，局面頓呈開朗，黑棋雖然大佔優勢，白棋卻已有迴旋的餘地，不再像以前這般縛手縛腳，顧此失彼。這個新局面，蘇星河是做夢也沒想到過的……

再換段延慶的眼光來看這個棋局：

> 數著一下之後，局面竟起了大大變化，段延慶才知這個「珍瓏」的秘奧，正是要白棋先擠死了自己一大塊，以後的妙著方能源源而生。棋中固有「反撲」、「倒脫靴」之法，自己故意送死，讓對方吃去數子，然後取得勝勢，但送死者最多也不過八九子，決無一口氣奉送數十子之理，這等「擠死自己」的著法，實乃圍棋中千古未有之奇變，任你是如何超妙入神的高手，也決不會想到這一條路上去。

虛竹的這一步棋看似誤打誤撞，其實跟他的個性是完全相應的。自小出家的他就是個死腦筋，想不到更圓滑的辦法，卻又傻呼呼的不肯置之不理，就這麼被情境逼迫著非得參與其中不可。

這個「珍瓏」的佈局，體現了入局者各自「糾纏於得失勝敗之中，以致無可破解」的哲學高度，而能夠佈下這整個「珍瓏棋會」峰迴路轉般的精彩情節，必然是出自深愛圍棋且熟知圍棋的人，就是金庸自己。

還不只如此，《天龍八部》第三十回〈揮洒縛豪英〉裡，聽辯先生的八個弟子一一出場，每個人都有一項專長，或者說一種癡迷。排行前四位分別擅長琴棋書（指好讀書）畫，老五外號「神醫」，老六是個木匠，老七專門養花，老八則是個戲子。這「函谷八友」同時出現在薛神醫家，還有為了治傷前來的鄧百川、公冶乾、包不同、風波惡等慕容家臣。這還不夠，再添上幾個少林和尚，真是熱鬧。

如此寫法，最明顯的就是很長的一段篇幅中都沒有主角。金庸創造了這樣一個情境，將他對中華文化，尤其是文人文化中的那種興趣與關懷，散寫到這些人身上。

在《曾經江湖》書中，我說黃蓉最像金庸，因為黃蓉身上聚集了最多的聰明、興趣和巧計。而真實的金庸，比黃蓉涉獵的還要更廣泛、更聰明，有更多巧計上的點子，將他的不同興趣寫到各個角色上。

這個時候，讀者沉浸在這些配角帶給我們的閱讀樂趣，每個人物都有他來自古典文化的特別身分。甚至包括包不同，他善於說話之術，或者說，使用語言的擠對之術，這也是一種了不起的文明基數，更不用說琴、棋、書、畫、醫、匠、種花、演戲等等。如此豐富的文化內容，光是靠著這些配角，金庸就能夠寫出其他作者——不管是武俠作者還是非武俠作者——難以寫就的絕妙段落。

07 深讀《天龍八部》的路徑

在另一封一九七〇年十一月二十日的信裡，陳世驤有一個非常重要的提醒。他說，金庸小說「意境有而復能深且高大，則惟須讀者自身才學修養，使能隨而見之。」絕大部分的武俠小說只能夠淺讀，可是連精通於文學理論的陳世驤都告訴我們，金庸小說可以深讀。

深讀的其中一條路徑，是瞭解創作時期的金庸，他的生活或生涯有什麼重大變化。一個關鍵是，金庸曾經認真修習佛法。

佛教初傳中國可追溯至漢代，兩千年來早已融入中華傳統文化中，對傳統文化稍有涉獵的，就一定會碰觸到佛教。再加上金庸成長於民國時期，當時佛教一度復興，陸續出現了如梁漱溟、歐陽竟無、熊十力、印順法師等思想家。哲人輩出，對佛教思想賦予很多新的詮釋，像金庸這一代的讀書人必然有所涉獵。換句話說，在開始寫武俠小說的時候，金庸對於佛教已經有了基本的認識和理解。

到了一九七〇年代，金庸的人生閱歷有諸多變化，遇到了辦報過程的諸多起伏，又遇到了最難克服的喪子之痛，進一步刺激他大量閱讀佛教經文，試圖找到解脫痛苦與煩惱的法門。這段經驗又連繫到武俠和佛法的根本矛盾，這個矛盾尤其集中體現在少林寺這樣的門派。

少林寺建於北魏，一向是佛教禪宗大寺，號稱「天下第一名剎」，它同時也是眾多武俠小說中的第一大門派。只是出家人涉入江湖上的打打殺殺，這像話嗎？出家人不就是要勘破所有這一切，不就是要學習放下的智慧嗎？但若非如此，少林寺如何成為武林第一大門派？或者更根本的，為什麼要發展「少林七十二絕技」這樣的精妙武功？

當然，少林和尚涉足江湖並不是金庸發明的，在《曾經江湖》書中曾討論過，武俠小說這樣的文類自然形成了一種慣例，一邊綁住了作者，另一邊綁住了讀者，靠著集體的想像累積共識，認為武俠小說就應該看到哪些東西。金庸大可以像其他人一樣，反正少林寺在武俠小說中被塑造為第一大門派，跟著用就是了，不需要解釋什麼。

要不然金庸還有另一個選擇，他可以像古龍那樣，乾脆擺脫這項傳統，自己另關蹊徑。在古龍小說裡，除了自創的門派之外，他甚至寫過專門從武器衍生出故事的系列小說《七種武器》，也是刻意地從武俠傳統之外創造出來的。

金庸有他自己的選擇，他是朝難的方向走，要在他的武俠小說裡解決這個問題、這個矛盾。

他怎麼做的呢？在《天龍八部》中，他化身成為少林寺的護法，保衛著佛法信仰。尤其到了小說後段，金庸寫出了一個特殊的人物——掃地僧，他沒有地位、沒有身分，甚至沒有名字。

武俠小說裡的「高僧」，像是住持（就是武林第一大派的掌門），或是因為武功而在江湖上享有名氣，在擁有地位、權力和聲名的同時，不就必然夾雜著「貪、嗔、癡」這佛教三毒嗎？權力、聲名的附加，也就和追求真理、追求智慧的這條道路根本矛盾了。

少林掃地僧出場之前，金庸先揭露了住持大師玄慈的秘密，他不但是蕭峯苦苦尋找的「帶頭大哥」，更和葉二娘私通生下了虛竹，連克制基本慾望的關口都沒有通過。（虛竹和夢姑的關係，這時候看似乎也是一種隱喻。）像玄慈那樣的高僧，終究困在名譽與地位的身外枷鎖中，就不可能懷抱超脫塵俗的智慧。

真正的佛法境界，必須透過寺中最底層的掃地僧來彰顯：

那老僧道：「本派武功傳自達摩老祖。佛門子弟學武，乃在強身健體，護法伏魔。修習任何武功之時，總是心存慈悲仁善之念。倘若不以佛學為基，則練武之時，必定傷及自身。功夫練得越深，自身受傷越重。如果所練的只不過是拳打腳踢、兵刃暗器的外門功夫，那也罷了，對自身危害甚微，只須身子強壯，儘自抵禦得住……」

換句話說，武功只是佛門弟子修行之路的一項工具。宗教信仰在發展的過程中很可能受到外來的歧視與迫害，才需要用武功來保護自己。心存善念，不捨本恃強，這是根本。然後老僧繼續說：

「但如練的是本派上乘武功，例如拈花指、多羅葉指、般若掌之類，每日不以慈悲佛法調和化解，則戾氣深入臟腑，愈陷愈深，比之任何外毒都要厲害百倍。……

「本寺七十二項絕技，每一項功夫都能傷人要害、取人性命，凌厲狠辣，大干天和，是以每一項絕技，均須有相應的慈悲佛法為之化解。這道理本寺僧人倒也並非人人皆知，只是一人練到四五項絕技之後，在禪理上的領悟，自然而然的會受到障礙。在我少林派，那便叫作『武學障』，與別宗別派的『知見障』道理相同。須知佛法在求渡世，武功在求殺生，兩者背道而馳，相互剋制。只有佛法越高，慈悲之念越盛，武功絕技才能練得越多，但修為上到了如此境界的高僧，卻又不屑去多學各種厲害的殺人法門了。」

藉由掃地僧之口，金庸說出武功與佛法的根本矛盾。那要怎麼做呢？就是每一種武功對應一種慈悲的修養，二者互相配合，以悲憫化解暴戾。

可是即使如此，這項矛盾也必然不容易化解，因為武功與佛法的配合很難始終平衡。如果武功學得多一點，慈悲之心跟不上，這個時候武功就變成有害的，進入你的身體、心靈來侵蝕自己。

所以想要學少林功夫沒那麼容易，基本上得要兩兩制衡。這也使得幾乎沒有人可以既掌握七十二門武技，又相應地將七十二種慈悲心念全部都領悟了。如果勉強能夠做到，就只有像掃地僧這樣的人物，以最高的武功行最深的慈悲。

08 掃地僧：以最高的武功行最深的慈悲

掃地僧這樣的人，他要武功幹什麼？他既不當師父，也不教徒弟，甚至不去保護藏經閣裡的經書武籍。慕容博和蕭遠山在藏經閣進進出出，他也不曾攔阻他們，因為這些都不是武功真正的用途。

在小說中，掃地僧先是殺了慕容博，讓蕭遠山此生最大的仇敵在他眼前頓時殞滅，當下具體地領悟到復仇的空虛。

復仇是武俠小說最常出現的情節元素，它的心理作用是，當一個人受到了挫折、打擊，以致有所損失，或者有什麼不希望發生的事發生了，在精神上產生了巨大的傷害，以至於需要療傷。用什麼方式療傷呢？就是找到一個對象，將所有的一切都怪責到他身上，可以罵他、打他，甚至殺了他，這樣的話，心裡的傷疤就可以復原。但這是一種自欺，真的罵了他、打了他、殺了他，傷痛就沒有了嗎？不是的。那是因為在還沒達到目的時，那種欲望緊緊抓住了你，發揮了療傷的作用。等到仇人真的死了，能夠帶來什麼？只是一份徹底的失落感。

突然之間，數十年來恨之切齒的大仇人，一個個死在自己面前，按理說該當十分快意，但內心卻實是說不出的寂寞淒涼，只覺在這世上再也沒甚麼事情可幹，活著也是白活。他斜眼向倚在柱上的慕容博瞧去，見他臉色平和，嘴角邊微帶笑容，倒似死去之後，比活著還更快樂。蕭遠山內心反而隱隱有點羨慕他的福氣，但覺一了百了，人死之後，甚麼都是一筆勾消。……

那老僧道：「蕭老施主，你要去那裏，這就請便。」蕭遠山搖頭道：「我……我卻到那裏去？我無處可去。」……

那老僧道：「慕容少俠倘若打死了你，你兒子勢必又要殺慕容少俠為你報仇，如此怨怨相報，何時方了？不如天下的罪業都歸我罷！」

接著掃地僧又殺了蕭遠山。但是並不止於此。掃地僧抓著兩具屍首奔到一處草地上，再用高深內功讓這兩個「死屍」復活：

那老僧道：「我提著他們奔走一會，活活血脈。」蕭峯幾乎不相信自己的耳朵，給死人活活血脈，那是甚麼意思？順口道：「活活血脈？」那老僧道：「他們內傷太重，須得先令他們作龜息之眠，再圖解救。」……那老僧……繞著二屍緩緩行走，不住伸手拍擊，有時在蕭遠山「大椎穴」上拍一記，有時在慕容博「玉枕穴」上打一下，只見二屍頭頂白氣越來越濃。又過了一盞茶時分，蕭遠山和慕容博身子同時微微顫動。

這個時候復活了的，已不再是原來的慕容博和蕭遠山，他們沒有仇恨之心，沒有復國之念，彼此手握著手，成為乾乾淨淨的新生命。這才是掃地僧所學的少林武功正確的用法。

少林武學如此高妙，如何能與佛法相應，而不是用在打打殺殺上？掃地僧做了最好的示範。他給了蕭遠山和慕容博新的生命，真正做到渡人脫苦海（不論是身體或心靈上的），更一舉化解了可能延續到第二代的仇恨。

一個有趣的地方是，掃地僧在處理蕭遠山和慕容博的問題時，所用的方法似曾相識，這不就是虛竹破解「珍瓏」棋局的過程嗎？

虛竹誤打誤撞地下了一子，先殺死了一大塊白棋之地，但白子是他自己的，可不是對手的，意思是自殺了之後才生出新的局面，有了迴旋的餘地。掃地僧也是將蕭遠山和慕容博的舊有生命先置之於死地，就像虛竹對待「珍瓏」中的那一大片白子，先去除了我們以為絕對不能喪失的東西，才有空間能夠長出一個乾乾淨淨、沒有仇恨的新生命。

這是我讀《天龍八部》的準備。我也想提醒其他的金庸小說讀者。首先，依照自己的準備和修為，看看在金庸設下的《天龍八部》恢宏之局裡，能夠讀到多少和別人不一樣的地方？還可以一次次用不同的方式來讀。其次，要小心看待金庸作品改編的影視戲劇，那些編劇們的準備有多少，你敢信任他們嗎？看電視劇和讀金庸小說，其實完完全全是兩回事。

陳世驤給了我們非常重要的提醒：《天龍八部》的「離奇與鬆散」，不是因為金庸失手，而是金庸故意的。金庸是一位大才，意思是不能用我們看待一般人的標準去想像、衡量金庸。金庸花了十七年半的時間，寫出近九百萬字的武俠作品，這已經很了不起。但是不要忘了，在寫小說的同時，金庸還在做其他許多的事情，他經營一家報業集團，每天寫社評，還跑去當編劇、拍電影……

還有一件金庸認真去做的事情，就是研讀佛經。他讀佛經的態度，不是隨隨便便翻一翻，而是除了中文典籍外，後來還去讀原始佛經的英文譯本。

慧根早植的金庸，讀佛經帶給他的影響，讓我把話稍微說得重一點，使得他決定將武俠小說寫成佛經。一定有人會說：佛經和武俠小說能比嗎？其實從某個角度看，佛經和武俠小說有那麼不同嗎？佛經裡有很多「非人」，用各種方法刻畫、描述人間以外的那個世界。對比來看，武俠小說裡的各個角色，角色與角色之間的關係，不也都是非人的世界嗎？

佛經裡有「天龍八部」這些非人角色，用祂們來建構寓言，描繪人與非人彼此混居的世界。用陳世驤的話來講，就是「到處藏著魍魎和鬼蜮」。意思是人和非人並沒有那麼絕對的區別；每一個人可能都會有非人的行為表現，這才是現實。

人們以為的正常（常規、常情），反而只是一廂情願的虛構，忽視了明明就在我們身邊的重要事實。正因為如此，佛教經文才需要用寓言的誇大手法，讓非人變成具體之相。

「非人」是各種不同的瞬間，那些偏離了常情的想法、做法；或是我們的個性、行為中，有一部分離開了基本的常軌。可是在佛經裡，就把這樣的片刻、這樣的部分刻意誇大，讓它變成一個一個具體的角色，如此刺激並協助我們去看清，做一個人究竟如何活著。

「活得像個人」，這麼簡單的一句話，可是它真正的內涵是什麼？更進一步，

「活得像個人」難道就比較好嗎？就是應該的嗎？「非人」的行為就一定是錯的嗎？這是大哉問。再進一步，誰是人，誰不是人？哪一種行為是人，哪一種行為不是人？又該如何分辨？

在心中存放著這些問題，讀《天龍八部》應該會有很不一樣、必然更豐富的體會與收穫吧！

09 金庸亂點親子譜

讀《天龍八部》，也會讀到武俠的部分，即使這部分同樣可以產生讀佛經般的效果。

舉個例子。《天龍八部》接近尾聲前有一個小小的插曲，就是蕭峯、虛竹陪著結義兄弟段譽到了西夏國，來自各地的青年俊傑都要爭著當西夏駙馬。只是段譽突然失蹤了，害得木婉清差一點要代替她哥哥段譽去參加招親。

妹妹替哥哥去娶嫂嫂，類似這樣的情節，這在傳統明清小說裡有個非常有名的故事，就是《喬太守亂點鴛鴦譜》。

《喬太守亂點鴛鴦譜》出自馮夢龍的《醒世恆言》，擺在喬太守面前的案子就是妹妹替哥哥去娶嫂嫂，同時弟弟又替姊姊嫁到了姊夫家裡。一邊是妹妹，一邊是弟弟，結果這兩個人顛倒鳳凰，假戲真做。妹妹未來的夫家一狀告到衙門，才有了喬太守巧點鴛鴦的故事。

《天龍八部》裡這個故事沒有再繼續發揮，不過卻提醒了我們，這部小說另有一個奇怪的主題，可以將它稱為「金庸亂點親子譜」。

這是《天龍八部》非常奇特的設定：小說中主要的角色，幾乎沒有人是被生身父母養大的。比如結義三兄弟，蕭峯本來是個契丹人，卻被姓喬的漢人農家夫婦養大，那是他的養父母，不是生身父母；虛竹更慘，被蕭遠山擄去丟在少林寺，成為孤兒，後來才知道他的生父竟然是少林住持玄慈；段譽好一點，但他一直以段正淳兒子的身分而活，最後才被生母刀白鳳揭露他其實是段延慶的兒子。

小說中段譽碰到的最大困擾是，他喜歡鍾靈，卻發現鍾靈是他的妹妹、段正淳的私生女兒。他和木婉清訂下鴛盟，後來又發現他不能娶木婉清，因為她也是段正淳的私生女兒。最慘的是，他來到中原，一路癡戀王語嫣，原本王語嫣心裡只有表哥慕容復，只是慕容復念茲在茲的唯有復國，王語嫣就像下圍棋的棄子被犧牲掉了。

當段譽終於贏得了美人心，竟然發現王語嫣也是段正淳的女兒、他的親妹妹。幸好到後來這些問題都不是問題了，因為他自己並非段正淳的兒子，所以鍾靈不是他妹妹，木婉清不是他妹妹，王語嫣也不是他妹妹。此外，阿朱、阿紫也都變成了段姑娘。更進一步，蕭峯是段譽名義上的妹夫，段譽和虛竹則成了連襟（西夏公主的祖母和王語嫣的外婆都是李秋水）。

綜觀以上，金庸確實在亂點親子譜啊。這是兒戲嗎？有一部分是，又不完全是。這個親子譜亂得有一點點誇張了，但仍然有其用意。我們不得不問，血緣上的親子關係，真的有這麼重要嗎？該如何面對親子關係帶來的身分，以及所有的牽連和糾結？

《天龍八部》另一項對傳統的挑戰是——這不是一個以中原為主場的故事。

蕭峯拉出去的線是遼國，以及逐漸崛起的女真部落。段正淳、段譽拉出去的線是大理，而成為「四大惡人」的段延慶離開大理，又聯繫到了西夏一品堂。後來天山童姥帶著虛竹躲到了西夏皇宮的冰窖，再聯繫到夢姑，她正是西夏國的銀川公主。

小說裡還有一個重要角色鳩摩智，他是來自吐蕃的國師。丁春秋的星宿派來自更西邊的星宿海。我們也不能漏掉慕容復，他雖然生長於江南，其先祖可是在五胡十六國時期建立燕國的鮮卑族人。

如此通盤地看一下，就會知道《天龍八部》的故事是一個刻意的佈局，顯示出當時的列強形勢：北邊有大遼，東北有女真，西北有西夏，西南有吐蕃、大理，中間被包圍著的才是大宋，而燕王朝的舊址在東邊。這樣的地理方位，跟《射鵰英雄傳》出現的東西南北中有什麼差異？

最大的差異就在於家國關係。如果將角色各自歸隊：蕭遠山、蕭峯屬大遼；四大惡人原屬大理，後投效西夏；鳩摩智屬吐蕃；段正淳、段譽屬大理；慕容博、慕容復在江南；虛竹成為駙馬後則屬西夏。他們競逐於大宋的土地上，有著複雜的合縱連橫關係。

為什麼需要這麼多的角色？為什麼會有這麼多條故事線？因為金庸要寫的是中國歷史上一段複雜的諸國關係，最後收束、凸顯出蕭峯的選擇與結局。雁門關外，蕭峯在迫使遼帝耶律洪基退兵止戰後，選擇自戕而死。他的死，在於雙重認同，不可兼得。一邊是漢人，一邊是契丹，這雙重的效忠，是蕭峯永遠逃不掉的矛盾。到最後，他只能獻出自己的生命，以全兩邊之義。

小說裡，慕容博和蕭遠山在掃地僧的渡化下，終於看破了一切。可是慕容復看不破，所以他最後瘋了。蕭峯只看破了一半，他無法完全效忠契丹，也不能完全效忠漢人，一旦兩方發生衝突，就不得不面對這個矛盾。對於家國的執念，我們又該用什麼樣的態度來看待？

這就是《天龍八部》，它不只是一部武俠小說，還有作為佛經般高度寓言價值的部分。

佛教傳入中國，和中國社會、文化最大的衝突就在於「無君無父」的觀念。出家人不但要看破、割捨與父母的關係，也要看破、不必尊崇君王。這是傳統社會難以徹底接受佛教最根本的原因。金庸就將佛法與傳統父母親子、君王朝廷觀念上的矛盾，放進了《天龍八部》小說中。

也因為如此，《天龍八部》在情節上要將所有的線頭收回來時不免倉促。不過拉出了這麼多的故事線頭，到最後金庸還是能夠將線頭通通收攏，讓《天龍八部》有一個明確的結尾，這已經很了不起、很不容易了。

10 香港意識與中原意識

在《天龍八部》裡，除了「中原作為核心」明顯退場外，拉出的線頭中尤為突出的是「大理國」的戲份。

《天龍八部》不是一個典型的中原武林故事。早在《射鵰英雄傳》裡，大理國就出現了（但背景時代上晚於《天龍八部》），天下五絕中的「南帝段皇爺」就來自大理。郭靖和黃蓉一路闖過「漁樵耕讀」四關，終於見到禪位出家的一燈大師，這四個人原是大理臣子，後來成為一燈的弟子。在《天龍八部》裡也有大理段家的四大護衛。不過，這樣的連結或相似，不應該使我們忽略了更重要的差異之處，那就是大理國的地位和角色，在這兩部小說中非常不一樣。

為什麼到了《天龍八部》，金庸會用這種方式寫大理國？因為時局改變了，小說的設定充分反映出那個年代的「香港偏安論」。

一九六三年，《天龍八部》開始連載的時候，金庸已經在香港住了十五年。在此之前，他的武俠小說寫的多是中原武林，講的多是中原英雄。可是這個時候，金庸的香港意識壓過了他的中原意識。這種轉變有複雜的內在和外在的因素，這時的查良鏞已經成為香港大報的發行人，不可能不對香港有更深的認同。這個時候，他也不可能再抱持香港只是一個寄居之地，待時局改變就回到大陸，回到海寧家鄉的想法。

他不得不承認情勢改變了，中國大陸不管再發生什麼變化，香港一地與他之間的連結已經如此緊密。而他的香港意識，明顯地投射在《天龍八部》中對雲南大理的描寫。

大理國創建於五代後晉初年，等到宋朝成立了，大理仍然是一個相對獨立的國家。

不過有一個關鍵詞是「唇寒齒亡」。馬夫人為何能輕易騙到阿朱和蕭峯，讓他們對段正淳就是「帶頭大哥」的身分沒有懷疑？段正淳是大理國鎮南王，自然知曉如果大宋被遼國給滅了，下一步大理也會跟著被併吞。以他的身分之尊，聯合漢人豪傑一起阻截契丹武士，也在情理之中。偏安西南的大理，和佔據中原的大宋，有著這樣一種既獨立又依附的奇特關係。

太有意思了，這不就是那時的香港嗎？

第二章

《俠客行》人生識字憂患始

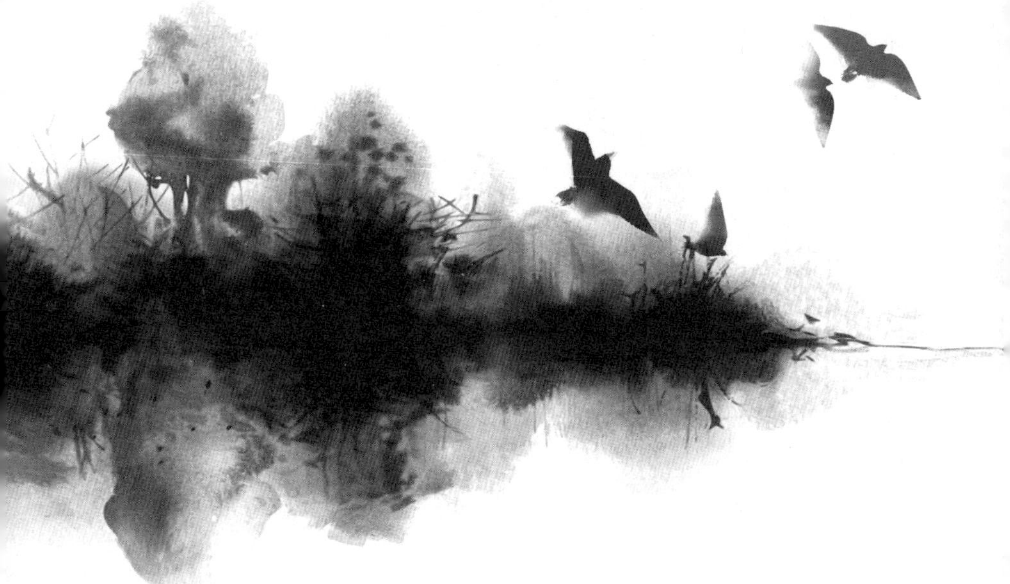

01 第一部正式引進臺灣的金庸小說

《俠客行》是金庸的另一部短篇。這裡說的「短篇」，不是用平常文學上的分法，而是和金庸自己相對動輒百萬字的大長篇相比。

金庸的短篇武俠小說有一個相對清晰的特性，就是沒有那麼明確的時代背景。《俠客行》一開場就出現了「開封」地名，從大梁、汴梁、開封的歷史沿革去推測，小說背景應該是宋代或明代。不準確也完全沒關係，因為《俠客行》說的是一段不須準確時代背景的故事。

此外，金庸的短篇常常有著較高的實驗性寫法。我們既可以透過這些短篇作品來理解其創作實驗方向，也可以反過來，藉由發掘金庸的實驗性筆法來理解他的短篇作品。

對於《俠客行》，我有一個較為私人的切入點——一九七九年，那是金庸的武俠小說正式進入臺灣的起點。

在臺灣，有相當長的一段時間，金庸被歸類為左派文人；此外，因為他寫了明確使用毛澤東的詩詞典故作為書名的《射鵰英雄傳》，以至於他的作品在臺灣一直都是禁書。直到什麼時候才解禁？一九七九年。

這關鍵的年代、關鍵的大事，牽涉到臺灣一位傳奇的出版家，他是遠景出版社的創辦人沈登恩。當年，沈登恩在並不確定新聞局是否願意解禁金庸小說的狀況下，就大膽地付了一大筆錢去跟金庸簽約。當時沒有人能弄清楚出版金庸小說到底合法還是不合法，沈登恩多次詢問新聞局，得到的一紙公文也是模稜兩可。

所以沈登恩的膽識是非常驚人的。他和金庸簽約，抱著非常大的風險。首先，這些作品很可能根本沒辦法在臺灣合法出版；其次，即使成功解禁，想一想也知道，當時的出版環境是盜版仍舊猖獗，一定會跟來許許多多分食利潤的盜版商。盜版商可以賣得比你便宜，出版速度比你快，還可以走你完全想像不到的管道，那還能賺到什麼錢？結果費了這麼大力氣，不過就是圖利了盜版商？

當時沒有人想做這件事，就只有沈登恩，而且他還想好了怎麼去攔阻盜版的方法，就是引進極其精美的版本。當年採用香港明河社版，內裡是白色的封面，外面包上銅版紙印刷的彩印書衣，裝訂用線裝，排版也非常大器，還有內文前面一定附有金庸自己所挑選的各種文物彩色圖片。

以這種高規格的印製條件來應對盜版問題，這件事具有突破性的意義。武俠小說在臺灣本來被視為消遣讀物，大多是到租書店裡租著看，不會想要花錢去買回來，珍而重之地擺在書架上。首先，如此可以讓盜版無利可圖，如果要印得像正版，得花很高的成本，魚目混珠的難度提高了。

此外，還有一個出版策略，那就是將《金庸作品集》分開來出版，不要一次性出齊，而是一部一部出，用這種方式來監視盜版。這一部賣到相當程度，引發了讀者高度的預期後，下一部很快就能有相當大的銷量，讓盜版沒那麼容易席捲市場。用這種方式將自己的市場養好，依照自己的時間、節奏來出版，這就是沈登恩特別的本事。

一九七九年港、臺出版社聯繫安排，最後讓《俠客行》成為金庸所有武俠作品中，第一部正式在臺灣出版的小說，連帶地使得我們這一代臺灣讀者對《俠客行》格外熟悉，就是因為我們最先讀到《俠客行》，而且是在設計、裝幀上那麼講究的版本，所以反覆地看。從書店裡買回去，一兩天就看完了，如果想要再看別部作品，那不行，你得要等。那怎麼辦呢？只好再看一次《俠客行》。

02 比郭靖還傻人有傻福的男主角

從《雪山飛狐》開始，我們能明顯看出，金庸在寫幾部短篇的時候沒有那麼戒慎恐懼，可以比較好玩有趣（playful），放進比較多的寫作實驗。

的確，我們會在《俠客行》裡發現一種特殊的、帶有玩笑性質的實驗精神。幾乎可以想像，金庸在寫《俠客行》的時候擺出一副非常調皮的樣子，說：讓我看看，把我過去寫過的這些主題還能夠再推到什麼極端的程度？

首先，是把郭靖身上的某個特質推到極端。郭靖在《射鵰英雄傳》裡的形象是什麼？我在《曾經江湖》書中說過，郭靖這個人物不難寫，因為他就是「傻人有傻福」，要寫出他的那種憨直。小說安排了相對古靈精怪的黃蓉在他身邊，再將情節一段一段設計為就是因為郭靖憨直——一方面他沒有害人之心，沒有狡猾思考的能力；另一方面他甚至連別人要害他都沒辦法辨別，也不會躲藏——所以在人生的每一個重要轉捩點，反而得到最大的好處。這是寫郭靖的方式。金庸喜愛寫這樣的主題，例如《連城訣》中的狄雲也是個傻小子，只不過他沒什麼傻福。

在《俠客行》裡，石破天的這條故事主線就是「傻人有傻福」。傻到什麼程度？如果心裡放著郭靖，對比一下就知道石破天更傻，傻到不知道自己的名字。小說開頭，他只知道媽媽叫他「狗雜種」，所以他一直以為自己的名字就是「狗雜種」。小說前面都是寫「這少年」如何如何，連作者都覺得總不能一直寫「狗雜種」如何如何。如今要討論《俠客行》，也不知道該怎麼叫他才好，只能跟小說一樣，勉強用他的假身分名字「石破天」。

郭靖至少有一個明確的出身，楊過剛出場的時候雖然也是個孤零零的小乞丐，但至少知名知姓，和母親穆念慈有過一段天倫之樂。

但是「狗雜種」石破天身世不明。他被媽媽用那種打罵的方式養大，讀者就只能猜測、懷疑那不是他的親生母親。真正的媽媽怎麼可能叫自己孩子狗雜種呢？

金庸對他真的非常壞，因為一直到小說結束，石破天對自己的身世還是「一片迷茫」，連可能是他父母的玄素莊莊主夫婦也滿腹疑竇：

> 石清和閔柔均想：「難道梅芳姑當年將堅兒擄去，並未殺他？後來她送來的

那具童屍臉上血肉模糊，雖然穿著堅兒的衣服，其實不是堅兒？……」

如果真是如此，這個石破天就應該叫石中堅，和石中玉是真正的孿生兄弟。到此時此刻，讀者感覺已經篤定他的身世，但是梅芳姑自殺後死無對證，留下了回答不了的謎團，石破天只能「一片迷茫」，然後問著：「我爹爹是誰？我媽媽是誰？我自己又是誰？」他傻到這種地步，沒有自己的身分。

其次，石破天的傻，也因為他從頭到尾不識字，而這一點在小說裡非常重要。他從小離群索居，被媽媽叫狗雜種，幾乎是被半虐待地養大，後來無意間撿到玄鐵令，遇到了謝煙客，又被帶到了摩天崖，長大後才被拐出來涉入武林。因此，他不知道什麼是人情，更一點世故都不懂。

《倚天屠龍記》的張無忌雖然在孤島長大，卻有父母和義父的呵護，回到中原後一路經歷了這麼多磨難，成為明教教主更讓他習得待人處世，趙敏的出現又帶給他情感教育。

相對而言，《俠客行》裡的石破天從頭到尾都是個不通世故的人，結尾「我自己又是誰」的自問，世俗人情仍是他的迷惘。而在這部小說裡，扮演類似趙敏角色的是丁璫。可是丁璫喜歡的是真正的浪蕩子石破天（石中玉），她和石破天之間不是像樣的、正常的愛情。

可是金庸就是堅持傻人要有傻福，在《俠客行》裡，石破天身上所擁有的一切機緣，相當程度上都來自他的傻。他的憨傻和他的傻福，在小說一開始就被金庸以一種非常誇張的方式寫到了極端。

一個小乞丐，莫名其妙地遇到金刀寨的人追殺一個賣餅老人，賣餅老人被殺死，燒餅舖被翻了個朝天，他嚇都嚇壞了。可是因為肚子餓，他就偷偷摸走一個燒餅來吃，一吃就吃到了藏在餅中的玄鐵令。

說老實話，這個玄鐵令在小說裡也是一個近乎兒戲的設計。這些人在那裡打打殺殺（後來又來了玄素莊和雪山派），原來都是為了這塊玄鐵令，而玄鐵令的主人是在武林中幾乎無所不能的頭號高手摩天居士謝煙客。

謝煙客承諾，誰拿到了玄鐵令，就可以要求他一件事，他非幫忙做到不可。這個小乞丐無意中得到玄鐵令，根本不知道這是什麼東西、有多大的功能，謝煙客卻仍然得要信守承諾。謝煙客不曉得這個小乞丐會叫他做什麼，就哄騙他，比如故意買了饅頭津津有味地吃著，只要小乞丐開口跟他討，這就打發掉了。

但是傻人有傻福，他的傻來自一種純真素樸。他從小只要向媽媽討東西，媽媽就打他罵他，所以他從來不求人。這一下謝煙客沒輒了，只好把他帶在身邊。如果這個小乞丐落入了有心人手中，騙得小乞丐要他做一件難事，那可就麻煩了。

後來謝煙客動了一個壞念頭，既然不能殺他（這也是誓言的一部分），但可以教他功夫：

> 他……突然心念一動：「這娃娃玩泥人玩得高興，我何不乘機將泥人上所繪的內功教他，故意引得他走火入魔，內力衝心而死？我當年誓言只說決不以一指之力加於此人，他練內功自己練得岔氣，卻不能算是我殺的。……」

這又是狗雜種的傻人有傻福，這個武林第一高手謝煙客將上乘內功顛倒了次序傳授，本來要害他陰陽交攻而死，結果卻因緣巧合，被長樂幫擄走後以醫術相護，又被人重擊打通了經脈，從此身上擁有了極強的古怪內功。這還只是他的其中一項奇遇，在《俠客行》裡，金庸將「傻人有傻福」這個主題推演到了極致。

03 被冤枉的人間喜劇

除了「傻人有傻福」，《俠客行》還有另外一個主題，那就是從《倚天屠龍記》、《連城訣》，一路貫穿到《俠客行》，繼續推到極端的——人可以被冤枉到什麼程度？

《倚天屠龍記》裡，張無忌被冤枉弒叔，不過金庸顯然捨不得用這種方式折磨張無忌，很快就解開了這個誤會。到了《連城訣》，狄雲卻一直被冤枉，連穿個僧袍都被誣枉，偏偏他又自己把鬍子和頭髮都給拔掉，更坐實「淫僧」這個天大誤會。

這樣的主題到了《俠客行》，又被套在石破天身上，那就更誇張了。石破天完全被誤認為另外一個人，這個人叫石中玉。石中玉可惡得不得了，出生在名門世家玄素莊，莊主夫婦把他給寵壞了，不敢再自己教，於是把兒子送到雪山派。結果這傢伙卻在雪山派釀出大禍，要強姦掌門人白自在十三歲的孫女，害得孫女自殺，其母發瘋，祖母出走，石中玉的師父封萬里的右臂也被發怒的白自在給砍了，等於毀掉了大半個雪山派。他是個比淫賊更壞、更可怕的人。

但石破天偏偏被所有人誤認是石中玉，即使他拚命說自己不是，卻也百口莫辯，因為他長得跟石中玉一模一樣。

既然是兩個不同的人，一定可以找到蛛絲馬跡，像是身體上的特徵。比如石中玉左肩有個口咬的傷疤（那是被丁璫咬的），左腿上有六點劍疤（那是被師叔教訓的），結果連石破天自己也不敢相信，他的身上竟然真的有這些傷疤、劍疤。他就是石中玉，石中玉就是他。石中玉所做的一切壞事罪過都轉嫁到他身上，比狄雲還要冤枉。

金庸把兩個主題合在一起——傻人有傻福和被冤枉到底，就是讀《俠客行》這部小說最大的樂趣。

石破天個性憨傻，他絕對當不了淫賊。淫賊得去騙女人，要會說甜言蜜語。這些石破天都不會。所以當別人心中認定他就是石中玉時，他所說的話，都被當作是講反話，或是出於算計，是聰明又狡猾的石中玉故意這麼說的，要不就是覺得他病糊塗了，於是語言的說者和聽者之間產生了諸多誤會。

石破天被長樂幫的人抓去，強迫他假扮幫主石中玉。石中玉當然是個壞小子，而且是「平庸」的壞法。當他有權力的時候就作威作福，對懂得阿諛的手下就給好處，對耿直敢批評他的人就惡整。石中玉還有隨時勾引女人的本能和習慣，口中的甜言蜜語沒有一句是真的。可是石中玉又落跑了，什麼都不懂的石破天就被抓來長樂幫，被當成了石中玉。

這段情節的設計不像武俠，反而很像馬克吐溫所寫的《乞丐王子》，在被誤認的環境下所產生的誤會。金庸掌握了這種手法，鋪陳出帶有喜劇、甚至是鬧劇的敘事效果。

簡單舉兩段文字。石中玉當幫主的時候，不像話到甚至去拐騙、姦淫下屬的妻子。這天他的下屬豹捷堂展飛前來尋仇，一掌擊下去，反被石破天鼓盪的內力震斷了右臂。接下來展飛不知道石破天（他以為是石中玉）會怎麼處置他：

> 展飛手肩折斷，痛得額頭全是冷汗，聽得眾人走遠，咬牙怒道：「你要折磨我，就趕快下手罷，姓展的求一句饒，不是好漢。」那少年奇道：「我為甚麼要折磨你？嗯，你手臂斷了，須得接起來才成。從前阿黃從山邊滾下坑去跌斷了腿，是我給牠接上的。」

狗雜種與母親二人僻居荒山，什麼事情都得自己動手，便要找根木棍給展飛接骨。他屋裡有個侍女叫侍劍，見狀很是慌張：

> 侍劍突然走上兩步，跪倒在地，道：「少爺，求求你，饒了他罷。你……你騙了他妻子到手，也難怪他惱恨，他又沒傷到你。少爺，你真要殺他，那也一刀了斷便是，求求你別折磨他啦。」她想以木棍將人活活打死，可比一刀殺了痛苦得多，不由得心下不忍。
>
> 那少年道：「甚麼騙了他妻子到手？我為甚麼要殺他？你說我要殺人？人那殺得的？」見臥室中沒有木棍，便提起一張椅子，用力一扳椅腳。……
>
> 展飛……眼看此人內力實是雄渾無比，不由自主的全身顫慄，雙眼釘住了他手中的椅腳，心想：「他當然不會用椅腳來打我，啊喲，定是要將這椅腳塞入我嘴裏，從喉至胃，叫我死不去，活不得。」……展飛想起了這項酷刑，只嚇得魂飛魄散……

沒想到石破天真的就只是接骨，他將半截椅腳放在展飛斷臂旁，又叫侍劍找個帶子來給他綁一綁：

那少年微笑道：「好極，你綁得十分妥帖，比我綁阿黃的斷腿時好得多了。」展飛心想：「這賊幫主兇淫毒辣，不知要想甚麼新鮮古怪的花樣來折磨我？」聽他一再提到「阿黃斷腿」，忍不住問道：「阿黃是誰？」那少年道：「阿黃是我養的狗兒，可惜不見了。」展飛大怒，厲聲道：「好漢子可殺不可辱，你要殺便殺，如何將展某當做畜生？」那少年忙道：「不，不！我只是這麼提一句，大哥別惱，我說錯了話，給你賠不是啦。」說著抱拳拱了拱手。

展飛知他內功厲害，只道他假意賠罪，實欲以內力傷人，否則這人素來倨傲無禮，跟下屬和顏悅色的說幾句話已是十分難得，豈能給人陪甚麼不是？當即側身避開了這一拱，雙目炯炯的瞪視，瞧他更有甚麼惡毒花樣。那少年道：「大哥是姓展的麼？展大哥，你請回去休息罷。我狗雜種不會說話，得罪了你，展大哥別見怪。」

展飛更怕了，他說自己「我狗雜種」，是繞圈子在罵我嗎？因為他無法想像幫主會稱自己是狗雜種。展飛再也受不了這種猜疑：

展飛大聲道：「姓石的小子，我也不要你賣好。你要殺我，我本來便逃不了，老子早認命啦，也不想多活一時三刻。你還不快快殺我？」那少年奇道：「你這人的糊塗勁兒，可真叫人好笑，我幹麼要殺你？我媽媽講故事時總是說：壞人才殺人，好人是不殺人的。我當然不做壞人。你這麼一個大個兒，雖然斷了一條手臂，我又怎殺得了你？」

展飛他怎麼都不相信，侍劍也不敢真的相信，所以展飛走了之後：

侍劍自從服侍幫主以來，第一次見他忽發善心，……微笑道：「你當然是好人哪，是個大大的好人。是好人才搶人家的妻子，拆散人家的夫妻……」說到後來，語氣頗有些辛酸，但幫主積威之下，究是不敢太過放肆，說到這裏便住口了。

為什麼辛酸呢？因為侍劍其實是喜歡幫主的，但又看不慣他到處勾引女人。

可是這句話石破天聽不懂：

那少年奇道：「你說我搶了人家的妻子？怎樣搶法的？我搶來幹甚麼了？」

侍劍嗔道：「是好人也說這些下流話？裝不了片刻正經，轉眼間狐狸尾巴就露出來了。我說呢，好少爺，你便要扮好人，謝謝你也多扮一會兒。」

那少年對她的話全然不懂，問道：「你……你說什麼？我搶他妻子來幹甚麼，我就是不懂，你教我罷！」這時只覺全身似有無窮精力要發散出來，眼中精光大盛。

侍劍聽他越說越不成話，心中怕極……

石破天這些不通世故的問題，對侍劍來說，只覺得一切又是他調戲女人的玩笑。再看一段。長樂幫有個陳香主有事要向幫主稟告，石破天不知道該怎麼應對，只好問侍劍要怎麼做。侍劍就教他：「他說甚麼，你只須點點頭就是了。」接下來的相見場面：

只見一名身材極高的漢子倏地從椅上站了起來，躬身行禮，道：「幫主大好了！屬下陳冲之問安。」

石破天躬身還了一禮，道：「陳……陳香主也大好了，我也向你問安。」

陳冲之臉色大變，向後連退了兩步。他素知幫主倨傲無禮、殘忍好殺，自己向他行禮問安，他居然也向自己行禮問安，顯是殺心已動，要向自己下毒手了。陳冲之……沉聲說道：「不知屬下犯了第幾條幫規？幫主若要處罰，也須大開香堂，當眾宣告才成。」

石破天不明白他說些甚麼，驚訝道：「處罰，處罰甚麼？陳香主你說要處罰？」陳冲之氣憤憤的道：「陳冲之對本幫和幫主忠心不貳，並無過犯，幫主何以累出譏刺之言？」石破天記起侍劍叫他遇到不明白時只管點頭，慢慢再問貝海石不遲，當下便連連點頭，「嗯」了幾聲，道：「陳香主請坐，不用客氣。」陳冲之道：「幫主之前，焉有屬下的座位？」石破天又接連點頭，說道：「是，是！」

石破天因為不懂，就想著你怎麼說，我就學你說。但在陳冲之眼中看來，這些話全都成了反諷。這個過程太有趣了。陳冲之原是要稟報有雪山派的人擅闖長樂幫總壇，後來白萬劍等人正式前來興師問罪。他們探聽到石中玉改名換姓躲在長樂幫，而雪山派就是被石中玉害得支離破碎的。白萬劍咄咄逼人地要他自承身分、自認其罪：

白萬劍道：「很好，你自己做過的事，認也不認？……你在凌霄城之時，叫甚麼名字？」

石破天搔了搔頭，道：「我在凌霄城？甚麼時候我去過了？啊，是了，那年我下山來尋媽媽和阿黃，走過許多城市小鎮，我也不知是甚麼名字，其中多半有一個叫做凌霄城了。」

白萬劍寒著臉，仍是一字一字的慢慢說道：「你別東拉西扯的裝蒜！你的真名字，並非叫石破天！」

石破天微微一笑，說道：「對啦，對啦，我本來就不是石破天，大家都認錯了我，畢竟白師傅了不起，知道我不是石破天。」

白萬劍道：「你本來的真姓名叫做甚麼？說出來給大夥兒聽聽。」

王萬仞怒喝：「他叫做甚麼？他叫——狗雜種！」

這一下輪到長樂幫羣豪站起身來，紛紛喝罵，十餘人抽出了兵刃。

為什麼？因為人家用最不堪的字眼辱罵自己的幫主，他們當然要挺身捍衛。王萬仞也早已將性命豁出去了。但這個時候，石破天怎麼反應呢？

> 那知石破天哈哈大笑，拍手道：「是啊，對啦！我本來就叫狗雜種。你怎知道？」
>
> 此言一出，眾人愕然相顧，除了貝海石、丁不三、丁璫等少數幾人聽他說過「狗雜種」的名字，餘人都是驚疑不定。白萬劍卻想：「這小子果然是大奸大猾，實有過人之長，連如此辱罵也能坦然受之，對他可要千萬小心，半點輕忽不得。」

看到這裡，小說其實已經製造了夠多的樂趣，但金庸還不放過。

> 王萬仞仰天大笑，說道：「哈哈，原來你果然是狗雜種，哈哈，可笑啊可笑。」石破天道：「我叫做狗雜種有甚麼可笑？這名字雖然不好，但當年你媽媽若是叫你做狗雜種，你便也是狗雜種了。」王萬仞怒喝：「胡說八道！」長劍挺起，使一招「飛沙走石」，內勁直貫劍尖，寒光點點，直向石破天胸口刺去。

這真是一團混亂。都是被冤枉的故事，《連城訣》如此悲苦，到了《俠客行》，金庸卻把它寫成了一齣喜劇，讓一個再傻不過的人被誤認是狡猾的淫賊，產生了眾多的誤會和樂趣。

04 武學神功的「知識障」

《俠客行》的書名緣由非常清楚，一開篇就是李白的詩：

趙客縵胡纓，吳鉤霜雪明。銀鞍照白馬，颯沓如流星。
十步殺一人，千里不留行。事了拂衣去，深藏身與名。
閑過信陵飲，脫劍膝前橫。將炙啖朱亥，持觴勸侯嬴。
三杯吐然諾，五嶽倒為輕。眼花耳熱後，意氣素霓生。
救趙揮金錘，邯鄲先震驚。千秋二壯士，烜赫大梁城。
縱死俠骨香，不慚世上英。誰能書閣下，白首太玄經？

一共二十四句，一般人最熟知的應該是這兩句：「三杯吐然諾，五嶽倒為輕。」金庸這樣說：

李白這一首「俠客行」古風，寫的是戰國時魏國信陵君門客侯嬴和朱亥的故事，千載之下讀來，英銳之氣，兀自虎虎有威。

這是小說《俠客行》的開頭，但這首詩的作用可不止於讓讀者瞭解書名典故。小說裡有一個關鍵事件，那就是「賞善罰惡令」重現江湖。有兩個叫張三、李四的賞善罰惡使者，到各個幫會、門派送帖子，邀請他們的幫主、掌門到一個大家都找不到的島上去喝臘八粥。

江湖盛傳，幫主、掌門不能不接這刻著一笑臉一怒容的兩塊銅牌，否則就會遭到毒手。包括少林、武當等大門派，武林中的各種門派、幫會都會受到邀請、都得要去。但三十年來，受邀的幫主或掌門去了，都沒有人回來。到後來，每隔十年「賞善罰惡令」出現的時候，江湖上便引起恐慌，各家各派都感覺到這是自家門派的一場大劫難。

這樣一個恐怖的心理陰影，到了小說中後段才逐漸浮現出來。有了這個背景，才能解釋為什麼像石中玉這般不學無術的人會成為長樂幫幫主，因為十年一次的賞善罰惡令就要來了，長樂幫裡沒有人想要當幫主。

那怎麼辦呢？就是找個不知道其中利害關係的人當替死鬼，讓他去接銅牌請柬，去俠客島喝臘八粥。等到劫難一過，自然可以重推幫主、重整幫務。要不然石中玉這樣的小淫賊，何德何能得以當上幫主？只是石中玉知曉後就偷偷逃走了，他們才又陰差陽錯地找來和石中玉長得一模一樣的狗雜種，讓他繼續充當幫主石破天。

就連石破天這個名字也是假的，這是長樂幫為隱藏石中玉的身分而另外起的，然後這小乞丐又被刻意誤認，石破天這個名字後來就這樣一直跟著小乞丐。石破天假冒石中玉，而石中玉本來也不是真的長樂幫幫主，所以這是假冒中的假冒，一切都源於賞善罰惡令。

金庸創造了一個極端的情境，在這種情境底下，分出了好幾等人。

最下等的如長樂幫首腦，誰都不願承擔責任，犧牲自己的性命來保全本幫，沒人接任幫主的情況下，就找外人來替死。

另一種是正直的人，如上清觀的掌門天虛道人，明知赴約就是有去無回仍願意一力擔當。更有甚者，想趁此機會查悉其中真相，為武林除去每十年一次的禍患。

還有另外一種人，這整件事本來和他們一點關係都沒有，卻主動去要掌門人位子、去搶別人的銅牌請柬，那就是石清和閔柔這對夫妻。會這麼做，是為了替他們的兒子石中玉贖罪：

他（石清）……與妻子對望了一眼，兩人均想：「我們所以甘願捨命去幹這件大事，其實都是為了你，你奸邪淫佚，犯上欺師，實已不容於武林，我夫妻亦已無面目見江湖朋友，我二人上俠客島去，如所謀不成，自是送了性命，倘能為武林同道立一大功，人人便能見諒，不再追究你的罪愆。」

石中玉幹的是不可被饒恕的事情，因為疼愛兒子，這對夫婦寧可冒險一賭，頂多就是賠掉兩人的性命。但也存在那麼一點點希望、僥倖，或許能夠把「到俠客島去喝臘八粥」的整個秘密給掀出來，為武林立功，為兒子贖罪。

賞善罰惡令重出江湖，金庸以飛魚幫不肯奉令、率眾抵抗，卻慘遭屠戮的情節渲染，讓讀者也跟著緊張。可是小說再往下走，白自在代表雪山派，石破天代表長樂幫，真的來到了島上，透過龍、木兩位島主的話揭曉了事實真相。事實和傳言並不一樣，甚至完全相反，過去三十年來被請去喝臘八粥的各派領袖人物都還在島上。之所以還在島上，並不是因為回不來，而是他們自己不想回來。

看到這裡，必須說金庸有點玩過頭了。也許因為短篇的關係，金庸寫來比較大膽一點：有這麼一個組織，能夠把江湖上任何一個幫派的行事秘辛、武林中發生的大小事情，都能夠仔細地探查、記錄在「賞善罰惡簿」中，然後像寫功過格一樣，將其中的是非善惡硃批清楚，罪大惡極之輩就予以誅滅。這個設定不免誇張了。

關鍵的重點在於，金庸真的將這個主題推到了極端——江湖上聽過這件事、相信傳言的人，通通都搞錯了。

這又讓我們想到了《鴛鴦刀》裡周威信的口頭禪：「江湖上有言道……」江湖守則不一定那麼有用，江湖傳言也不一定那麼可信。就拿「到俠客島喝臘八粥」這件事，為何選在臘八這一天？因為島上的「斷腸蝕骨腐心草」只在這時開花，可以熬成助益功力的補藥，這臘八粥裡既沒下毒，也沒有其他的玄機。那幹嘛邀大家來喝臘八粥呢？是為了展示一門神奇的武學，讓武林中的一流高手們共同參研。這公開的武功秘笈就刻在山洞各石室的石壁上，所有人都可以任意觀看。

這套武學是什麼？就是李白的二十四句〈俠客行〉。

二十四間石室中各有一句〈俠客行〉詩句寫在那裡，中間是圖形和密密麻麻的注解。這些武林第一流人才被邀到島上之後，眼前看到的是，到目前為止還沒有人真正參透得了，但如果徹底瞭解了，也就沒有能夠超越它的絕世武功，那你看還是不看？走還是不走？你走了，其他人留在那裡，被別人破解出來怎麼辦？而且別人的理解和自己不一樣，怎麼能不較量個高下，看誰是對的？所以每個人都捨不得走，於是每天待在洞穴裡面，對著二十四句李白的〈俠客行〉不斷地參想，希望能夠參悟它。這是那些自負武功見識之人最大的罩門。

而金庸在這裡就是要寫一個傻人，他的傻氣和他的傻福是密切連結在一起的。石破天怎麼個傻法？他不識字。來到島上的武林好手現在已是第四批了，可是只有他是獨一無二的：去洞穴參研圖譜注解這件事，對石破天來說沒有一點意義。

李白的〈俠客行〉當然是用文字寫下的，刻在石壁上的圖譜注解也都是文字，偏偏這傢伙完全不識字，所以他連接觸、更不要說破解這套公開的武功秘笈的基本資格都沒有。因為他不識字，在洞穴裡看到別人在爭辯、討論什麼，他一句也聽不懂。可是最後卻是石破天，而不是任何其他人，破解了這套高深武學——原來其中的關竅根本不是那些注釋文字，而是圖形最原始的樣貌。

> 龍島主只覺腦海中一團混亂，扶住了石壁，問道：「你既不識字，那麼自第一室至第二十三室，壁上這許許多多注釋，卻是誰解給你聽的？」
> 石破天道：「沒人解給我聽。……我……我只是瞧著圖形。胡思亂想，忽然之

間，圖上的雲頭或是小劍甚麼的，就和身體內的熱氣連在一起了。」……
龍島主輕輕歎了口氣，說道：「原來這許許多多注釋文字，每一句都在故意導人誤入歧途。可是參研圖譜之人，又有那一個肯不去鑽研注解？」石破天奇道：「島主你說那許多字都是沒用的？」龍島主道：「非但無用，而且大大有害。倘若沒有這些注解，我二人的無數心血，又何至盡數虛耗，數十年苦苦思索，多少總該有些進益罷。」

蘇軾〈石蒼舒醉墨堂〉詩中有一句：「人生識字憂患始。」這句話其實非常有意思。我們可以把「識字」當作人生的一個重要時間點：在認字、進學之前，還是無憂無慮真正的童年；一旦上學，你的童年就結束了，辛苦日子就開始了。童年感覺上就是一個什麼都不需要關心、擔心的日子，開始識字，人生就進入另外一個階段，開始有了各式各樣的煩惱。

「人生識字憂患始」還可以有第二層意思，那就是人生中有一些情緒或感受，是必須在學會了那種語言，具備了那樣的詞彙才會產生的。情緒和感受，很多時候是記錄在語言、文字當中。人一旦開始識字，感受就變得越來越豐富。當然不可能全都是好的、正面的感覺，你會知道什麼叫做哀傷，什麼叫做同情、悲憫，什麼叫做最深刻的痛苦……。這些感受在還不識字、尚未透過文字來學習之前，不容易進入到我們的生命裡。

更進一步，我們說「人生識字憂患始」，因為用文字記載知識是一件麻煩的事，它本身也會帶來許多的困擾，像是讓你纏結在文字的意思上，越繞越迷糊。

這第三重的意思，就是金庸在《俠客行》裡動用的。在看重文字的社會裡，追究這些文字到底在講什麼，已經成為我們的習慣。金庸用半開玩笑、卻非常生動的方式，帶出了禪宗「不立文字」的信念。

禪宗的「不立文字」，其中一項重要理由，在於佛教的智慧原本是要教導眾生解脫，看清楚世間所有的一切都沒有實相，都是虛空的，都來自因緣聚合。可是到後來，記錄這些道理的文字本身卻成了世人執著的對象，人們一天到晚誦唸、譯解被當作唯一真理的經文。你越著意解釋經義，其實就越遠離真正能夠讓你解脫的智慧。要做到超脫、解脫，就必須放棄文字，或者說，要知道文字不過就是工具。

金庸在《俠客行》的〈後記〉中說：「各種牽強附會的注釋，往往會損害原作者的本意，反而造成嚴重障礙。」注釋本來是用來輔助說明，以便更瞭解文本在講什麼，可是倒過來，這些注解有時頗為偏斜，有時又太囉唆，有時甚至是過度解釋，都可能曲解了本意。

在俠客島上，這些對於武學最有經驗、最為聰明的人，他們在洞穴裡做什麼呢？在討論：各家不同的注解到底是什麼意思？注解和原來的詩句之間有什麼關係？還要費盡腦筋去想：圖形和文字又如何連結起來？面對這樣龐大、複雜得像謎語般的文本注解，每十年一批人來到島上，這些人天天面對著石壁爭議不休，不斷地試圖解謎。稍微解出來了，卻又在眾人的討論反駁中，全部糾結在一起。

石破天不識字，他身在其中，什麼也聽不懂。到後來他乾脆不聽了，就看著石壁上的圖形，比如「趙客縵胡纓」畫了個瀟灑的書生，「銀鞍照白馬」畫了匹馬在雲上奔跑，畫中衣褶等線條、雲氣的形狀，原來就是內息的運行路線，連最後一室「白首太玄經」的蝌蚪文字，也只是經脈穴道的線路方位而已。

金庸在一九七七年修訂完成所寫的《俠客行．後記》中說：

> 「俠客行」寫於十二年之前，於此意有所發揮。近來多讀佛經，於此更深有所感。大乘般若經以及龍樹的中觀之學，都極力破斥煩瑣的名相戲論，認為各種知識見解，徒然令修學者心中產生虛妄念頭，有礙見道，因此強調「無著」、「無住」、「無作」、「無願」。邪見固然不可有，正見亦不可有。……寫「俠客行」時，於佛經全無認識之可言，「金剛經」也是在去年十一月間才

開始誦讀全經，對般若學和中觀的修學，更是今年春夏間之事。此中因緣，殊不可解。

這一段話且讓我們相信其中的一部分。一九七〇年代中期，金庸當然花了更大的力氣去讀佛經，對佛教有了更多知識上的體悟，但他怎麼可能在寫《俠客行》的時候，對佛教沒有任何的認識、理解呢？

《俠客行》創作於《天龍八部》之後。《天龍八部》的書名就是來自佛經裡的八種神道精怪，祂們是來自神界非常特殊、個性不一的護法神。《天龍八部》小說一開始的〈釋名〉，就是金庸希望讀者在讀小說的時候，可以同時對照佛經的內容去思考。所以只能說，那時的金庸並非對佛經無知，或許只是探索得沒那麼深入。

05 如何面對子女之惡

在《俠客行》故事裡，金庸還將另一項主題推到了極端，那就是「護短」的心情，或者說，親情與是非之間的糾纏。

小說中有一條重要的軸線環繞著石清和閔柔這一對夫婦。金童玉女般的兩人結了婚，堪稱是完美伴侶，但是偏偏生下了最不完美的兒子石中玉。

本來石中玉還有個弟弟叫石中堅，卻在襁褓時被仇人給擄走了、誤以為被殺了。經歷如此巨大打擊，閔柔格外保護石中玉。用現代的概念來說，石中玉就是被寵壞了的小孩，和郭靖、黃蓉教出的郭芙是一樣的。

等到連石清都看不下去，只好將石中玉送到雪山派去調教。但來不及了，石中玉已經是一個肆意妄為、狡猾自私的壞胚子。他做了壞事，再從雪山派逃出來，躲在長樂幫當幫主，繼續作威作福。

自己的兒子變成這樣，做父母的怎麼辦？關鍵就在那一念間。比如《飛狐外傳》裡商家堡的商老太，在她的心目中，不管外人如何認定，她只知道自己死去的丈夫是最重要的人，即使胡一刀是代苗人鳳報他妄殺無辜之仇。外人認為他是壞人，也知道他做了不少壞事，但在家人心裡就不是這麼回事。這是金庸在《飛狐外傳》中呈現的。

到了《俠客行》，情況就更極端了。石清和閔柔這對父母，剛開始的時候也不願意相信自己的兒子這麼壞。可是雪山派的人舉證歷歷，石清和閔柔再也無法否認。第一個直覺的反應，是羞愧難當之下理應大義滅親，孩子這麼壞，唯有以死償還。但這部小說之所以有趣，就是我們看到了，這對父母沒辦法下得了手。

到後來，他們不惜干犯師門情誼，去搶上清觀的掌門之位，為了替孩子贖罪，想要找一個幾乎不可能的出路——如果整個武林同道最害怕的一件事被我們解決了，也許眾人會看在這件事的份上，原諒我們的兒子。

明知道兒子壞到這種地步，仍然想方設法阻止別人追殺他，用什麼辦法讓大家可以放過他。這就是父母對孩子的感情。

我想起美國一個有名的鬼故事：

某天有一個人在路上撿到了一隻乾掉的猴手，撿回家後，半夜裡狂風大作，他醒了過來，發現這隻猴手動了一下，接下來有點像《天方夜譚》神燈的故事，他似乎聽到猴手對他說：「謝謝你把我撿回來，我可以幫你完成三個願望。」

他一聽，高興地把太太也叫起來，兩個人坐在那裡商量：「只有三個願望，要省著用。」太太東想西想，脫口而出：「我希望現在有兩萬元。不用太貪心，有兩萬美金就可以整修這個房子。」

講完沒多久，突然有人來敲門。那個人交給她一份通知，再加上一張支票，說：「對不起，你的兒子在我們工廠發生了事情，被機器給絞進去了，所以公司送兩萬塊錢的支票作為補償。」媽媽聽說兒子沒了，後悔得當場大哭，激動地說：「我要我的兒子現在回來！」這是她的願望。過了一會兒，又聽到敲門的聲音，門口站著鮮血淋漓、被機器碾過的兒子。

這個時候，爸爸說了：「我現在希望我的兒子消失。」兒子就消失不見了。

為什麼要講猴手的故事？因為我在看《俠客行》時，尤其是石中玉這一部分，當時就在想：猴手故事裡的那個爸爸，最後當他說「我希望我的兒子消失」，那是一種什麼感受？

那不是我們所想的那麼理所當然。意思是說，換作是你，本來失去了兒子，他現在用這種方式回來，不再是原來的樣子，你要還是不要？你會寧可他消失，還是抱著另一種態度：就算你變成這副鬼樣子，還是希望你回來？

如果有這樣一個兒子，不論在什麼環境、狀態下，不論他壞到什麼程度，可以說：算了，我寧可沒生這個兒子？

金庸一路寫下去，石清和閔柔最後的答案是「不」——父母的愛是沒有底線的，或者說，父母的傷悲是沒有底線的。

金庸筆下的石清和閔柔，他們絕望到只好想像自己變成一個超人。超人最重要的任務，就是去拯救世界。他們並不是因為相信自己可以拯救世界，也不是覺得這個世界值得被拯救、應該要由他們來拯救，而是為了讓這個世界有機會原諒自己的兒子。這是多麼悲苦的一種心情。

06 反感武林的武林高手

相較於石中玉，金庸又寫出了一個石破天。石中玉非常聰明，由聰明而來的所有狡詐與邪惡，對比的另一面就是石破天。

石破天最後變成了絕世高手，但是使他身負絕世神功的條件——赤誠淳樸，在武俠小說的慣例中，本來應該是沒有機會進入武俠世界的。石破天的這種赤子之心是反武林的，他根本不想要打打殺殺，於是也就不會有學習武技的動機和需要。

讀《俠客行》這部小說，和古龍的經典作品《楚留香傳奇》有另外一個有趣的連結。古龍和金庸兩個人都努力在寫別人寫不出的武俠小說。古龍寫了一個不殺人的楚留香，金庸也寫了一個不想殺人、傷人的石破天。

在古龍幾部以楚留香為主角的小說裡，最常見的一種情節，就是因為楚留香不殺人，常常被這個原則搞到事情難以處理的境況：如果你不殺人，別人就會殺了你，或是殺了你愛的人，怎麼辦？碰到這種狀況，要不要打破你的原則？楚留香的故事有趣之處，在於看他如何找出各種方法，在堅持不殺人的原則下，還能夠首先自己不送命，繼而達成他想要的目的。作為一個不殺人的人，還繼續在江湖上打混，關鍵的前提就是——他的武功卓絕，兼之聰明多謀，所以可以不殺人。

而在《俠客行》中，金庸寫的是一個最素樸的人，他不想殺人，不想學武功，正因為這樣，反而誤打誤撞地領悟了最高深的「俠客行」神功。

這兩個人的寫法完全不同，形成了強烈且有趣的對比。到後來，像石破天這樣不願意學武殺人的人，如同《天龍八部》的段譽，成為金庸筆下的一個原型。或者說，金庸捨不得將段譽這樣有點獃氣的人物、寫法放掉，所以到了《俠客行》，又出現一個石破天。

從表面上看，段譽和石破天也完全不同。段譽是大理皇家的世子，將來有機會當上皇帝，他從小飽讀詩書，石破天卻連字也不識一個。可是這兩人學武的際遇，卻走上了同一條路。

段譽是一個書獃子，他讀佛經，讀儒家的典籍，所以他不願傷人，哪怕大理段氏的家傳武學舉世無匹，但他就是不肯學。《天龍八部》中，金庸在段譽這一條線要寫的就是，段譽如此抗拒學武功，後來怎麼會成為當世高手，身懷北冥神功、凌波微步、六脈神劍等三大絕技？不論是段譽還是石破天，他們和學武這件事的關係，呈現出最大的反諷，或者說最大的吊詭。

因為玄鐵令，摩天居士謝煙客抓住了當時還不叫石破天的小乞丐，而這個小乞丐做人的骨氣是不求人的。大家都想要的東西，比如江湖上享有威名的長樂幫幫主之位，石中玉他就要，好讓他作威作福；但是對石破天來說，做幫主有什麼好，他完全不能理解，也不想要。

及至最後，刻在石壁上無數人鑽研的「俠客行」神功，為什麼求的人——如龍、木兩位島主——都求不到？正因為有這麼強烈的欲望，反而使得自己和所求的目標離得越來越遠，走上了相反的方向。

不過，還有另一層反諷，比較難以在武俠小說裡表達出來，那就是：如果不求、不要的人才能得到，那麼當他得到了，還有所謂的樂趣嗎？這件事既然對他沒那麼重要，沒那麼有意義，得到了又能怎麼樣呢？

一個根本不要武功的人，卻有了武功，對他來說意義何在？有了武功，會改變他的人生嗎？在某種意義上，這是武俠小說不能問、不能回答的，因為牽涉到更複雜的人生思考，金庸可能也無法給我們答案。但讀者不妨自己想一想，你會有什麼樣的答案？

第三章

《笑傲江湖》

權力的解藥

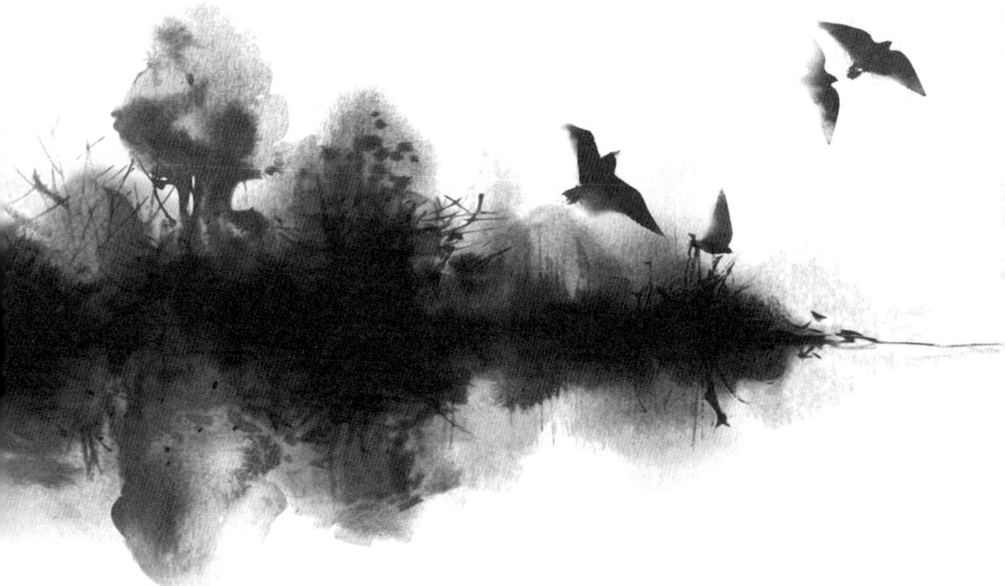

01 升級版的段譽與蕭峯

想要有系統地讀金庸武俠小說，最簡單也最有效的方式，就是依照小說創作時間一路讀下來。縱觀金庸的創作脈絡，《天龍八部》是較為特殊的，相較金庸的其他作品，可以說是「怎一個『亂』字了得」。在《天龍八部》之前或之後，金庸從來沒用同樣方法寫大長篇。

金庸會選擇多線頭、多主角的方式寫《天龍八部》，是要追求不一樣的寫作目的。後來全面修訂書稿時，特別拉來陳世驤教授這樣的權威，要對大家表示：這並不是我寫壞了，你看，陳世驤這樣的文學教授就看得出來，《天龍八部》的寫法有其特殊價值。

但很顯然，用鬆散的結構寫完了《天龍八部》，金庸心裡應該有些不安。所以一方面拉來陳世驤背書，一方面在寫下一部大長篇《笑傲江湖》時，又恢復了比較典型的金庸式寫法——《笑傲江湖》可說是金庸寫過結構最緊實的一部小說。

開篇是一個情節稍微長一點的序曲，從福州福威鏢局慘遭滅門，少鏢頭林平之隨著父母逃亡開始寫起，華山派二弟子勞德諾和小師妹岳靈珊也喬裝現身。然後鏡頭一轉到了衡山，五嶽劍派人物都來參加衡山派劉正風的金盆洗手之會，沒想到大家怒氣沖沖都要找令狐沖問罪，直到恆山派的儀琳小尼姑登場，開始講述令狐沖如何相救自己的原委。這是《雪山飛狐》裡用過的一種筆法——主角還未正式上場，事跡就先被談論。

其中最奇怪有趣的場景，就是堂堂華山派大弟子令狐沖，竟然跟江湖上人盡皆知的大淫賊田伯光在酒樓喝酒，旁邊還跟著一個小尼姑。儀琳原以為令狐沖已經死了，對眾人說完故事後，她跟著曲非煙來到一家妓院，見床上躺著一位劍傷嚴重的男子，令狐沖就在如此狼狽的場面中正式登場。從這裡開始，《笑傲江湖》以最嚴謹的筆法，一路跟隨著令狐沖的境遇，沒有其他分支線，沒有離開令狐沖的視角去講別的故事。結構如此緊實，和《天龍八部》形成了強烈的對比。

除了這項明顯的區別外，《天龍八部》和《笑傲江湖》還有另外一層關係。金庸寫《天龍八部》的時候，已經累積了幾個他很喜歡運用的主題，比如「被誤會的人以及人在被誤會的情況下如何自處」，又如「沒有武功的人如何闖蕩江湖」。

以這兩個主題來看，《笑傲江湖》裡的令狐冲，某種程度上可以視為段譽和蕭峯的升級版或修正版。

《天龍八部》開頭寫段譽，不過段譽出場的假想和設定，其實蠻勉強的。他是一個嬌生慣養的書呆子公子爺，完全沒有武功，也拒絕學武功，帶著一點傻氣，卻哪裡都敢去。他在劍湖宮遇到了鍾靈，兩人被神農幫捉住，為了救鍾靈又摔到無量山谷，習得了逍遙派的「北冥神功」和「凌波微步」。

到了《笑傲江湖》，令狐冲也是身無武功卻要闖蕩江湖的人，可是他的設定就比段譽合理多了。

首先，他不是沒有武功，而是運使不了內力，導致武功施展不出來，甚至危及性命。在這方面，金庸又將自己過去所寫的模式予以翻新。從張無忌、狄雲、段譽、虛竹到石破天，他們都是誤打誤撞地先修習（或被灌入）內功，積蓄了超乎旁人的內力，然後再慢慢學得外在的武功招數。

到了令狐冲，金庸就把這個模式倒過來：令狐冲有一段時間失去了內功，只剩下劍術。但他既然是江湖中人，當然走不掉，無法置身事外。這和段譽傻傻地如飛蛾撲火般衝進江湖相比，要更為可信。

還有一點相似之處，令狐沖的單戀無果讓他「活得不耐煩」，但整個經歷也要比段譽的更加人性化。

令狐沖之所以「活得不耐煩」，一個很重要的原因是他失去了小師妹的愛情。關於單戀的痛苦，我們可以看看前後兩部小說相對應的故事。段譽對王語嫣一見鍾情，但這時王語嫣別有所屬，心裡全都是他表哥慕容復。所以好長一段時間，段譽只能在旁邊獨自難受：為什麼不多看我一眼？為什麼我人在這裡卻好像不在一樣？他無法忍受被忽視，卻又一股勁地厚著臉皮跟在王語嫣身邊。

到了《笑傲江湖》，金庸將這種痛苦的升級版寫到了令狐沖身上，比段譽更可憐。

他和小師妹岳靈珊青梅竹馬，原來也是兩情相悅。岳靈珊來到衡山，遇到同門中人，開口閉口都問：大師哥呢？令狐沖喜歡岳靈珊，岳靈珊也喜歡令狐沖這位大師哥。沒想到莫名其妙闖進了林平之，改變了這一切。（但其實引林平之入門，要女兒陪他練劍，罰令狐沖面壁思過，都在岳不羣的算計之中。）

在愛情經驗上，令狐沖比段譽有更多的層次。段譽一直都是暗戀，令狐沖卻是親眼看見所愛為人所奪。更痛苦的是，岳靈珊的移情別戀並不是故意的，在人情的道理上是說得過去、可以理解的。

作為華山派掌門的獨生愛女，在成長過程中崇拜大師哥、喜歡大師哥，這是很自然的少女情懷。直到林平之出現，雖然林平之比岳靈珊大，可是岳靈珊這個時候就耍賴了，她不要永遠都是小師妹，硬是逼著林平之叫她師姊。

於是林平之對岳靈珊來說，就變成最特別的一個人，是師門上上下下唯一一個可以讓她欺負的人，只有他必須叫她師姊。岳靈珊越喜歡欺負他，就越是跟他親近。

《天龍八部》的段譽和王語嫣之間，沒有這麼細膩的安排和設計。令狐冲被師父責罰去思過崖面壁一年，小師妹沒有大師哥在身邊陪伴，剛開始的時候天天送飯，殷勤得不得了；後來和師弟的關係越來越好，她的情感對象漸漸就變了。令狐冲看在眼裡，卻無可奈何。

失去了師妹的依戀，令狐冲的生命徹底改變了，對他來說，活著成了「賴活」。每一次面臨生死攸關的時候，他就會閃過這個念頭：活下去又怎樣呢？活下去不過就是繼續看著小師妹和師弟打情罵俏，還要不斷地壓抑自己，要自己別在意。這樣活著到底有多大的意義？

另外，令狐冲身上有的而段譽沒有的，就是愛與被愛的掙扎。他愛的是小師妹岳靈珊，但是另一方面，他有默默愛著他的儀琳，還有轟傳整個江湖、來自魔教前教主之女任盈盈的愛慕。

儀琳明明知道自己是出家人，卻斷絕不了對令狐冲的思念；任盈盈出身日月神教，正邪殊途，原本也不該和華山派的大弟子有什麼牽扯，但是她也阻擋不了自己。

不管是儀琳還是盈盈，她們都願意為了令狐冲犧牲自己的性命，用這種方式愛著他。所以《笑傲江湖》裡的令狐冲，比《天龍八部》裡的段譽，有著更深刻的感情上的掙扎。儘管在文學領域裡，這樣的愛情主題翻來覆去被描寫了無數次，但是「愛與被愛」的對比，永遠那麼吸引人。到底愛人比較幸福，還是被愛比較幸福？要選擇主動去愛，還是當一個被動、被愛的人？這是金庸透過令狐冲所寫的另一種愛情面相。

除了情感層面的原因，令狐冲在小說裡寧可選擇「好死」而不是「賴活」，還牽涉到另外一個主題，這讓他看起來像是《天龍八部》中蕭峯的升級修正版。

蕭峯和令狐冲最相似的關連，就是被誤會。令狐冲的放蕩不羈，三教九流人物都能結交，讓他頻頻蒙受誤會。小說一開場，為了救儀琳脫險，他被誤會為淫賊，被和田伯光相提並論。後來令狐冲受定閒師太所託，混在一羣恆山派女弟子中間，就連衡山派掌門莫大先生都忍不住跑去查探：

莫大先生冷笑道：「你自己甘負浪子之名，旁人自也不來理你。可是恆山派數百年的清譽，竟敗壞在你的手裏，你也毫不動心嗎？江湖上傳說紛紜，說你一個大男人，混在恆山派一羣姑娘和尼姑中間。別說幾十位黃花閨女的名聲給你損了，甚至連……連那幾位苦守戒律的老師太，也給人作為笑柄，這……這可太不成話了。」……

令狐冲頹然坐下，心道：「我做事總是不顧前，不顧後，但求自己問心無愧，卻沒想到累了恆山派眾位上下。這……這便如何是好？」

光是女人的問題就已經講不清、洗刷不了，還有更麻煩的事：兩部重要的武功秘笈，一部是華山派的「紫霞秘笈」，一部是林家的「辟邪劍譜」，都被懷疑是令狐冲偷去了。林震南最後的遺言只告訴了令狐冲，大夥兒找不到劍譜的線索，當然會疑心到他。加上令狐冲機緣巧合，得太師叔風清揚傳授「獨孤九劍」，又得窺思過崖山洞中失傳的五嶽劍派劍招，以及魔教長老苦研出來的破解之法。等到他下山的時候，劍術之高，卻又內力盡失，還能以神妙無比的劍法數次解救師門，於是就更難洗脫嫌疑了。

為什麼對令狐冲來說「賴活不如好死」？因為活著一天，就要過一天這種被誤會卻百口莫辯的日子。更糟的是，「失去愛情」和「被人誤會」這兩項因素還加在一起，連他的小師妹也疑心他了。愛情保不住，甚至連兄妹之情、師門之誼都沒辦法保留了。

和蕭峯一樣，令狐冲也經歷了被逐出門外、被武林同道隔絕的境遇，成為一個被拋棄者（outcast）。

為什麼特別凸顯蕭峯和段譽？這仍然是從金庸的寫作脈絡一路整理出來的。金庸喜歡將角色放到非常的情境下去試驗，看看沒有武功的人、被冤枉到極致的人，如何能夠在江湖中活下去？金庸構築他的武俠世界時，這是兩個推動情節的重要主題，《天龍八部》也延續了這兩個主題。不過，《天龍八部》事實上用了連金庸自己都不是那麼嫻熟的方式而寫，因此到了《笑傲江湖》，他就做了重大的修正。

令狐冲是段譽和蕭峯的集合升級體——他既是一個受冤枉、被誤會的人，也是一個在非常奇特的情境下失去了內功，卻必須在江湖上拚搏的人。

02 令狐沖：「病俠」的意義

在《笑傲江湖》中，令狐沖是華山派的大弟子，有一定的輩分地位，當然也要有與之相當的武功。可是他華山派大弟子的身分有點不那麼靠譜，畢竟他一上場就身負重傷，小說繼續讀下去，只能說令狐沖是一個「病俠」。

什麼是「病俠」？令狐沖和田伯光從山洞裡打到酒樓上，令狐沖的功夫遠遠比不上田伯光，他一路輸，一路受傷。這在後來成了模式，令狐沖總是碰到比他強的對手，然後一而再、再而三地受傷。即使沒受傷，也一直是個病人。令狐沖被劍宗高手成不憂擊傷後，嚇得桃谷六仙在他身上強灌內力，再加上不戒和尚的，搞得他體內有八股真氣互相衝突，就算有內功也完全使不上來，一旦運功，就會先折磨自己。

小說有趣的地方就在這裡：一路下來，令狐沖一直受傷、病痛纏身，但他就是死不掉。有什麼因素、是什麼力量讓他能活下來？

《笑傲江湖》的前半部，直到令狐冲遇到了任我行，學到了「吸星大法」之前，幾乎就是寫令狐冲反反覆覆「自殺」的故事。

為什麼說他一直要自殺呢？因為每當遇到「做這件事情和保住性命，哪一個比較重要」的處境時，令狐冲永遠都是選擇可能會讓他送命的那條路。這就凸顯出在他的生命情調裡，有那麼多原則、那麼多信念，都比活著更加重要。這也是為什麼我說他是一個「寧可好死，絕不賴活」之人。

在「寧可好死」這件事上，這可是違背中國人長期以來一種世俗智慧的教訓。中國人將生死看得非常要緊，所以留下的往往是「好死不如賴活著」，「留得青山在，不怕沒柴燒」這樣的俗語。

有系統地讀金庸的小說，大概可以明白他此時創作令狐冲這個角色的心態。

絕大多數武俠小說的寫法，基本上先出場的人物好像都很厲害，但是等這一羣人較量完了，後面一定有武功更高的人出現，以至於回過頭看，其實早前那些人的武功等級是很低的。《射鵰英雄傳》就是這個典型的代表，如此設計才能引導、刺激讀者一直看下去。

但金庸顯然對這種模式的寫法感到不耐煩：武俠小說非得這樣寫嗎？那可不

可以倒過來，寫一個武功越來越差的人，讓他當主角？或者更進一步，讓一個根本不會武功的人來當主角？金庸就是具有挑戰傳統寫法的勇氣和本事，所以讀他的小說，常常會覺得眼睛一亮、出人意表。也許剛開始是出於一種力反庸俗的自我要求，可是寫著寫著，金庸為令狐沖這個角色賦予了另一高度的意義。

為什麼要讓一個失去武功的人做主角？因為這樣的人才最適合用來作為探索俠義內涵的載體。如果一個人武藝超羣，別人不可能威脅到他，就不可能面對這樣的考驗。

當處於性命交關的時候，你會如何選擇？有什麼是比自己的性命更重要的？並不是說之前的武俠小說沒有這種情境，只是從來沒有一部小說裡的主角，像令狐沖經歷過這麼多次的考驗。

回到武俠小說最基本、古老的設問：什麼是俠義？金庸這次的探索方式，是刻意將令狐沖寫成了一個「病俠」，讓他內功全失，逼到極端的情境，一而再、再而三地，他心知肚明打不過對手，繼而被迫要做出抉擇。

關於「義」的簡單定義，便是殺身成仁、捨生取義；義者，宜也，就是適宜的、應當做的事。如果這是應該做的事，是我所服膺的原則，即使對方要取走我的性命，我都不退讓。

「俠」則是一種人物的典範。這可以往前推到司馬遷的《史記．游俠列傳》。朱家、郭解這些人為什麼值得被寫進史書裡，太史公要凸顯的是什麼？這些人在司馬遷的筆下，給世人留下最強烈的印象就是「重然諾」，自身性命都不及承諾來得重要。這也是一種原則高於生命的特殊表現。

游俠通常有著與官家立場不一樣的是非判斷。游俠會去救他認為值得救的人，去幫助他尊敬的人，這是他的自我選擇。只要認定了，根本不管官家怎麼看，更不管別人以為的正確答案是什麼，他相信從自己的精神原則出發所做的判斷，即使要傾家蕩產、身陷囹圄，甚至犧牲生命也在所不惜。

俠義是武俠小說無可逃躲的核心主旨，而金庸在《笑傲江湖》中，藉著令狐冲這個角色，將俠義推到了一個新的高度。

錢穆先生曾經整理過春秋時代的自殺現象。他從記錄春秋史實的有限卻可信的史料中整理發現，那個時代的人死得好容易。「死得容易」指的並非是戰場廝殺，而是動不動就自殺，彷彿自殺是任何一個人隨時都做得出來的舉動。

為什麼會出現如此特殊的現象？關鍵就在於秦、漢帝國興起之前，人們面對自殺這件事，其實有很不一樣的態度，那就是「賴活不如好死」。那個時代的人，他們信守的許多原則都比活著來得重要。

講一個簡單的故事。春秋時趙盾是一位士卿，實際上握有晉國國政，為晉國國君所忌憚，於是就派刺客鉏麑去暗殺趙盾。鉏麑趁著天還沒亮，潛入趙盾家裡，看到屋內的燈是亮著的，臥室的門也敞開著，有個人就像一尊木頭般坐在那裡。再往前一看，發現那個人就是趙盾，他穿好了朝服，坐在那裡打盹。

鉏麑突然瞭解了，原來趙盾怕自己誤了早朝的時間，所以提早起來做好了所有準備，坐在那裡等天亮。鉏麑就想：這個人對自己的職務如此看重，律己甚嚴，是一個好官。這樣一個為人民盡責之人，我怎麼能殺他呢？

鉏麑下不了手，可是他回頭一想：我已經接下這個任務，如果違背了自己的承諾，那也不行。怎麼辦呢？面對如此兩難，鉏麑的決定在文獻記錄裡只有四個字：「觸槐而死」。

這是《左傳．宣公二年》中刺客鉏麑的故事，是以史實的方式記錄下來。是什麼把刺客給逼死了？「賊民之主，不忠；棄君之命，不信」，殺了對方是不忠，不殺是不信，那就只能自殺了。

再翻看《左傳》，我們不得不相信錢穆先生的重要判斷。這種生命的選擇、生命的情調，或者說生命的慷慨，到了秦漢以後基本上就消失了。但司馬遷還記得，因為他是記錄歷史的人，他知道有過這樣的時代，所以他寫了《游俠列傳》、《刺客列傳》，要把這種特殊的人格特質傳留下來。

後世的中國人似乎忘掉了這樣一種生命態度，而當金庸寫令狐冲的時候，就寫出了好像是從那個時代活過來的如此特別的人。

03 不齒以強欺弱

金庸筆下的許多男主角心中都有「義」，他們也願意為了各種不同的理由獻出生命，但是沒有一個人像令狐沖這樣，把「活著」這件事排在那麼靠後的位置。弔詭的是，令狐沖老是選擇死，卻一直活了下來。（不然他怎麼能成為主角呢？）

小說一開始，為了救小尼姑儀琳，令狐沖槓上了田伯光。田伯光是一個淫賊，而且不是別人叫的，他自己都承認幹盡了別人所不齒的壞事。儀琳和令狐沖素不相識，卻有五嶽劍派之誼，為了阻止田伯光的惡行，令狐沖明知鬥不過，也要冒險一拚。

不過令狐沖的武功比起田伯光差太多，到後來他乾脆使計耍賴，說站著打沒什麼了不起，來坐著打。這一段情節非常有趣，令狐沖滿口胡言，跟田伯光說，他站著打在武林中排名第八十九，坐著打排名第二，僅次於魔教教主東方不敗。

田伯光大可以一刀殺了令狐冲，但他沒有。為什麼？因為田伯光不得不佩服他——令狐冲在江湖上闖蕩靠的不是武功，而是一往無前的義氣和膽識。而這只是個起頭，小說裡後來一而再地出現類似的狀況。

田伯光是一個真小人，當這樣的真小人面對令狐冲對信念決然的堅持，也不得不被他的義氣所感動，不得不敬重他而下不了殺手，這才是最重要、關鍵的原因。

這其實也是《笑傲江湖》這部小說探討的大主題：俠義的「義」究竟是什麼？沿著令狐冲的選擇和作為看下來，金庸明顯地給了一個非常有意義的答案，也是之前的武俠小說，包括金庸自己寫的小說，都沒有過的一種答案。

傳統武俠小說裡所講的「俠義」，為了忠、為了孝，還有為了愛情而死都沒關係，再稍微曖昧一點的是朋友間的義氣（可以做到什麼程度就沒有那麼理所當然）。

但所有這些都不能施用在令狐冲身上。令狐冲堅守的一項原則，因而讓他不斷陷入麻煩的，就是「不齒以強欺弱」。哪個人以強欺弱，令狐冲就自然站到弱者那一邊，而且這個時候他完全不管強弱之別可能有多大。當他站在弱者這邊的時候，他的態度是堅決的，甚至不惜一死。他絕對不能容許明明看到有人被欺負了，自己卻選擇明哲保身。

令狐沖一再地遭遇這樣的情境，小說裡信手拈來，比如為劉正風和曲洋挺身而出，對抗嵩山派高手費彬，又如對他來說一個重要的轉捩點——意外地相幫了向問天。令狐沖看到一名老者被正邪兩派幾百個人圍攻，他不能不管。他和向問天完全沒有交情，不知道對方的來歷，也不清楚對方身手如何，光是看到這麼多人要對付一個人，他二話不說就走入老者所在的涼亭，決意與他共進退。只因他欽佩這老者旁若無人的豪氣，捨生取義的這個「義」字可以隨興到這種地步。

金庸寫的是一個理想的境遇，那就是當你用這種方式對待別人的時候，即使是惡人都會被你感動。田伯光就是一個例子，向問天這個位居魔教權力核心的人也是。令狐沖死不了，因為金庸要藉由令狐沖來寫一個理想的世界——當一個人講求義氣、堅持原則，就會感動所有人。

相反地，金庸另有深意：什麼樣的人不會為令狐沖所感動？那是所謂的「正人」，即大家眼中的「正人君子」。這是《笑傲江湖》裡一個非常奇特的現實面，也是金庸在道德倫理、生命價值上一個重要的書寫突破。

在英文中，「仁義道德」的「仁」通常翻譯成 benevolence；「義」一般翻譯成 righteous，或是用名詞 righteousness，意即「對的事情」。堅持做對的事情，就是「義」。

不過，如果把 righteous 或 righteousness 前面加上一個詞，意思就會翻轉成負面的，那就是 self（自己）。一旦加了 self，變成 self-righteous 或是 self-righteousness，就成了「自以為是」。

你不能說這種人是壞人，因為他有是非之心。只不過他雖然堅持是非，卻沒有思考是非的能力。對這種人來說，「是」就是「是」，「非」就是「非」，不用解釋。而且這種人非常驕傲，總是覺得自己站在對的那一邊。這種人也很恐怖，永遠覺得自己相信的「是」是絕對的，相信的「善」也是絕對的。

小說中一個重要情節是衡山派劉正風的「金盆洗手」，也就是宣告退隱江湖。他決定退隱的主要理由，是因為遇到了魔教長老曲洋，兩人因為愛好音樂而結為知交，但劉正風知道「正邪不兩立」，於是選擇不再插手江湖事的方式來避免衝突。他還故意去向朝廷捐了一個職位很小的武官，用以掩人耳目。但就在金盆洗手的儀式上，他和曲洋的交往被嵩山派揭發，甚至被逼著要立時表明立場：

> 費彬……接過五色令旗，高高舉起，說道：「劉正風聽者：左盟主有令，你若不應允在一個月內殺了曲洋，則五嶽劍派只好立時清理門戶，以免後患，斬草除根，決不容情。你再想想罷！」

這個時候，劉正風碰到了令狐冲常要面對的處境：明白地給你兩條路來選，一條是活，一條是死。要活，就要去把曲洋殺掉。劉正風怎麼回應？

劉正風慘然一笑，道：「劉某結交朋友，貴在肝膽相照，豈能殺害朋友，以求自保？左盟主既不肯見諒，劉正風勢孤力單，又怎麼與左盟主相抗？你嵩山派早就佈置好一切，只怕連劉某的棺材也給買好了，要動手便即動手，又等何時？」

華山派掌門岳不羣這時出來協調，展開了關於「義氣」的辯論：

岳不羣起身說道：「劉賢弟，你只須點一點頭，岳不羣負責為你料理曲洋如何？你說大丈夫不能對不起朋友，難道天下便只曲洋一人才是你朋友，我們五嶽劍派和這裏許多英雄好漢，便都不是你朋友了？這裏千餘位武林同道，一聽到你要金盆洗手，都千里迢迢的趕來，滿腔誠意的向你祝賀，總算夠交情了罷？難道你全家老幼的性命，五嶽劍派師友的恩誼，這裏千百位同道的交情，一併加將起來，還及不上曲洋一人？」

岳不羣這番話指的是，你只要同意，不用你自己去殺曲洋，我去。我殺了就算是你殺的，那就沒事了。劉正風怎麼選擇呢？

劉正風緩緩搖了搖頭，說道：「岳師兄，你是讀書人，當知道大丈夫有所不為。你這番良言相勸，劉某甚是感激。人家逼我害曲洋，此事萬萬不能。正如若是有人逼我殺害你岳師兄，或是要我加害這裏任何那一位好朋友，劉某縱然全家遭難，卻也決計不會點一點頭。曲大哥是我至交好友，那是不錯，但岳師兄何嘗不是劉某的好友？曲大哥倘若有一句提到，要暗害五嶽劍派中劉某那一位朋友，劉某便鄙視他的為人，再也不當他是朋友了。」

《笑傲江湖》講的就是「大丈夫有所不為」——即使當下面對的是殺身之禍，都不會去做違背做人原則的事情。劉正風的這段話，等於轉了一個彎在罵岳不羣。如果你是我的朋友，曲洋也是我的朋友，曲洋叫我把岳不羣殺了，我就不齒他的為人；現在卻是你岳不羣，還有你們這一夥人，叫我去殺曲洋，當然就意味著我不齒你。更明白的是，我絕對不能這樣做。

岳不羣搖頭道：「劉賢弟，你這話可不對了。劉賢弟顧全朋友義氣，原是令人佩服，卻未免不分正邪，不問是非。魔教作惡多端，殘害江湖上的正人君子、無辜百姓。劉賢弟只因一時琴簫投緣，便將全副身家性命都交給了他，可將『義氣』二字誤解了。」

到底什麼叫做「義氣」？依照岳不羣的說法，義氣歸義氣，但在朋友義氣之上，先要有正邪之分。但劉正風不是這樣看的，後面我們知道了，令狐冲也不是這樣看的。

劉正風淡淡一笑，說道：「岳師兄，你不喜音律，不明白小弟的意思。言語文字可以撒謊作偽，琴簫之音卻是心聲，萬萬裝不得假。小弟和曲大哥相交，以琴簫唱和，心意互通。小弟願意以全副身家性命擔保，曲大哥是魔教中人，卻無一點一毫魔教的邪惡之氣。」

跟言語文字相比，音樂更誠實、更透明、更坦白。劉正風從音樂的交流中確定了他的信念和判斷。

從這段對話可知，岳不羣就是那種抱持著絕對的善惡信念的「正人」。於是像令狐冲那樣的義氣——「為了某些原則，願意犧牲自己的性命」，可以感動一般人，可以感動壞人，可以感動真小人（因為他還有真），卻感動不了「正人」。這種人的是非觀念已經根深柢固地僵化了，他的心是死的，不會被動搖。

04 守規矩的浪子和虛偽的君子

金庸在武俠小說中所要表現對人世、對人生的認知體會，到了《笑傲江湖》又有另一番的提升，就反映在令狐冲身上。令狐冲是舉世滔滔都為權力而瘋魔中，少之又少能夠抗拒政治權力的人。

什麼樣的人可以抗拒權力？金庸又要借令狐冲來表達什麼？《笑傲江湖》的〈後記〉裡有個答案，金庸說：「中國的傳統觀念，是鼓勵人『學而優則仕』，學孔子那樣『知其不可而為之』，但對隱士也有極高的評價，認為他們清高。」他是要借令狐冲來寫隱士。

金庸接著說：

隱士對社會並無積極貢獻，然而他們的行為和爭權奪利之徒截然不同，提供了另一種範例。中國人在道德上對人要求很寬，只消不是損害旁人，就算是好人了。「論語」記載了許多隱者，晨門、楚狂接輿、長沮、桀溺、荷蓧丈人、伯夷、叔齊、虞仲、夷逸、朱張、柳下惠、少連等等，孔子對他們都很尊敬，雖然，並不同意他們的作風。

隱士就是厭惡權力、會規避權力的人，他們天生不易被權力引誘。金庸列了好多名字，的確都是在《論語》裡出現過的，孔子又將之分成三類：

孔子對隱者分為三類：像伯夷、叔齊那樣，不放棄自己意志，不犧牲自己尊嚴（「不降其志，不辱其身」）；像柳下惠、少連那樣，意志和尊嚴有所犧牲，但言行合情合理（「降志辱身矣，言中倫，行中慮，其斯而已矣」）；像虞仲、夷逸那樣，則是逃世隱居，放肆直言，不做壞事，不參與政治（「隱居放言，身中清，廢中權」）。孔子對他們評價都很好，顯然認為隱者也有積極的一面。

只是做不到前兩類的人，就只能選擇逃世隱居。逃世是為了保有自己的言論自由，守住自己的原則。不參與政治，也就不用去顧忌別人，別人也管不了他。

參與政治活動，意志和尊嚴不得不有所捨棄，那是無可奈何的。柳下惠做法官，曾被三次罷官，人家勸他出國。柳下惠堅持正義，回答說：「直道而事人，焉往而不三黜？枉道而事人，何必去父母之邦？」（論語）關鍵是在「事人」。

意思是說，你要認真做事情，或是要進入這樣一個系統裡，就得委屈自己去因應別人的標準，沒有辦法貫徹自己的想法與尊嚴，無論到哪裡都一樣。

為了大眾利益而從政，非事人不可；堅持原則而為公眾服務，不以功名富貴為念，雖然不得不聽從上級命令，但也可以說是「隱士」——至於一般意義的隱士，基本要求是求個性的解放自由而不必事人。

「求個性的解放自由而不必事人」，這就是金庸在令狐沖身上所要彰顯的。金庸甚至明說了：「令狐沖是天生的『隱士』，對權力沒有興趣。」

不過，如果回到武俠小說本身，整部故事並沒有出現「隱士」這樣的名詞。小說裡倒是有另一個名詞，這也是令狐冲的自覺、自稱，他說自己是一個「浪子」。什麼叫做「浪子」？「浪子」就是無論做什麼事，幾乎都會被師父罵。從小說一開始，一直到小說結尾，令狐冲就是一個師父無法徹底管束、也難以認可的人。

從他的師父岳不羣的眼中看去，師父所代表的「超我」（super ego）倫理概念，應該凌駕令狐冲的意志，可是令狐冲就是無法和這種倫理概念完全相容。所以令狐冲自己都感慨、不斷反省：「我就是一個無行浪子，就是擺脫不了這種浪子的性格。」

浪子的性格是什麼？按照岳不羣的標準來看，這個大弟子很麻煩、很棘手，因為他無法克制自己的浮言浪行。但是小說裡許多精彩的描寫，讀者之所以特別喜歡令狐冲，就是因為他的放蕩不羈。

例如他遇到了任盈盈。任盈盈是如此深情的女孩，同時又身懷絕藝，地位崇高。但是她有一個完全不相稱的個性，就是非常的害羞。即使遇到這樣極度害羞的任盈盈，令狐冲還是忍不住對她開玩笑，說出浮滑言語。

他也有很多「浪行」，那是不顧後果、有時甚至是傷害自己的事，但他就是要做。有的時候，令狐冲又莫名其妙地守規矩得不得了。

舉個例子，令狐冲體內的八種真氣不斷衝突，又是氣血翻湧，又是內功全無，連殺人名醫平一指也難以救治。就在所有的法子幾乎都不管用的情況下，是任盈盈犧牲自己，將他背到少林寺去求方證大師，請他傳授《易筋經》救令狐冲一命。但《易筋經》只能傳給少林子弟，令狐冲必須改入少林派才行。即使當時他已被師父逐出師門，再無派別障礙，但令狐冲就是死腦筋的固執：我是華山派的，就算不容於師門，寧可放棄《易筋經》，寧可放棄得救，也不願另投他派。

令狐冲不是不守規矩，而是他只守自己相信的原則。將令狐冲寫成這般個性，更凸顯了金庸想要探討的問題：什麼是「君子」，什麼又是「偽君子」？

在小說裡，華山派是正派中的一分子，掌門人岳不羣的綽號甚至叫做「君子劍」，所有正派人士都尊敬他。一直要讀到最後，讀者才嚇了一跳，原來許多的壞事都是他做的，佈局之早、城府之深令人咋舌。

不過一定也有讀者早就知道岳不羣是個壞人。正因為金庸塑造的這個角色形象太鮮明了，以至於「岳不羣」這名字變成了「偽君子」的替代詞。

但「偽君子」其實不能真正地和岳不羣等同起來；金庸對岳不羣的成功塑造，反而掩蓋了他在這部小說中創造的另一個深遠而重要的成就，就是寫「偽君子」的普遍性。岳不羣是偽君子的代表，但在小說裡，偽君子並不限於岳不羣一個人。

偽君子是怎樣的人？他們恪守規矩，表現得像個君子，因為他們在意從君子聲名中能得到的權利與好處。這種人之所以是偽君子，因為他的君子行逕並不是出自內心真正的信仰。

反之，金庸刻意地凸顯令狐沖，在某些他所相信的原則上，即使必須付出生命的代價，他也遵守到底，生死以之。

在小說裡，為解救恆山派的小尼姑儀琳，令狐沖一上場就被田伯光砍傷。恆山派的「天香斷續膠」傷藥很有效，其時儀琳被點了穴道，動彈不了，她就直接告訴令狐沖，傷藥在她的衣袋裡，請他取出來敷在傷口上。

可是令狐沖怎麼反應？他不肯拿，寧可放著傷口不管，繼續在那裡流血。因為他不敢。首先，於禮他不能隨便去碰一個女子；再者，即使事急從權，但在這種狀況下碰了儀琳，就算他不介意別人是不是將他當作淫賊，卻可能傷害了儀琳的名聲。所以他寧願自己繼續流血，就是不能去取這個藥。

這樣的人怎麼會是個浪子呢？他是多麼的拘謹、拘束。他的率性而為，被譏嘲浪子的那一面，是因為他並沒有發自內心認同某些假道學的規矩。

金庸要提醒我們的，也是他對權力的理解，那就是有些人會用君子的偽善外表去換取權力，也就可能無所不用其極，暗地裡使用各種害人的手段。偽君子為什麼

可怕？因為他們所做的一切都是手段，沒有內在的原則。

由此，這部小說也延續了金庸對正、邪之分的探討——為什麼很多時候邪教中人要比正派中人來得可愛，就是因為他們真而不假。

05 沒有武林高手，只有政治人物

一九八〇年，《笑傲江湖》修訂後重新出版，在〈後記〉裡，金庸提到了這部小說的重要特色：

> 因為想寫的是一些普遍性格，是政治生活中的常見現象，所以本書沒有歷史背景，這表示，類似的情景可以發生在任何朝代。

這在金庸大長篇作品中，的確是獨一無二的。從《書劍恩仇錄》、《碧血劍》開始，到幾部大長篇——《射鵰英雄傳》、《神鵰俠侶》、《倚天屠龍記》，再到《天龍八部》，乃至最後的《鹿鼎記》，都有明確的歷史背景。金庸自己都意識到這點，《笑傲江湖》沒有放入時代背景，所以必須要解釋。

為什麼不設朝代？金庸的解釋是想寫一些普遍性格，不過小說中更聚焦的，其實是「政治生活」的常見現象。

我寫武俠小說是想寫人性，就像大多數小說一樣。……這部小說並非有意的影射文革，而是通過書中一些人物，企圖刻劃中國三千多年來政治生活中的若干普遍現象。影射性的小說並無多大意義，政治情況很快就會改變，只有刻劃人性，才有較長期的價值。

創作《笑傲江湖》的那幾年，中國大陸正處於「文革」的大變動時期。在那樣的時局和氣氛下，金庸或許有了特別的想法，將原來連載中的《俠客行》結束掉（從篇幅上來看，《俠客行》本來可能有機會再寫得更長一點）。或許金庸為了要容納《俠客行》沒有辦法容納的內容，便開始寫《笑傲江湖》。什麼內容是《俠客行》容納不進去的呢？答案是政治。

不過金庸特別強調，雖然「文革」的大變局刺激他這樣寫，但不希望讀者將它當做影射性的小說來讀。金庸起筆寫《笑傲江湖》的時候，就明確知道這會是一部政治小說：

當權派和造反派為了爭權奪利，無所不用其極，人性的卑污集中地顯現。我每天為「明報」寫社評，對政治中齷齪行徑的強烈反感，自然而然反映在每天撰寫一段的武俠小說之中。

這是金庸受到相關的政治現象刺激而產生的非常特別的一部小說，但是他企圖刻劃的仍是更普遍的人性，以及政治生活的普遍現象：

> 不顧一切的奪取權力，是古今中外政治生活的基本情況，過去幾千年是這樣，今後幾千年恐怕仍會是這樣。

在讀《笑傲江湖》時，讀者務必記得作者的提醒：

> 任我行、東方不敗、岳不羣、左冷禪這些人，在我設想時主要不是武林高手，而是政治人物。林平之、向問天、方證大師、冲虛道人、定閒師太、莫大先生、余滄海等人也是政治人物。

這段話的寫法真是有趣，中間有一個「也是」。在金庸一連串列下來的名單當中，前面幾位讀者很容易理解。任我行、東方不敗，他們是日月神教的前後任教主，小說中一條關鍵的故事線，就是任我行被東方不敗密謀篡位，囚於西湖地牢，靠著向問天和令狐冲的幫助，得以重臨日月神教，奪回教主之位。這是最高權力位子的爭奪。

再來看岳不羣、左冷禪，他們爭奪什麼？左冷禪當上了五嶽劍派盟主還不饜足，處心積慮地要將五個門派合併而一，自己成為五嶽派的掌門人，進而與少林、武當相抗衡。岳不羣則是順水推舟地接收了這份野心。這也是政治權位的角力。

上述這幾個人，個個都是武林中的絕頂高手，但作者提醒，觀看這些人物的重點不在於武功高強的這一面，而是他們耍弄權力手段、政治性格的那一面。

金庸要在《笑傲江湖》中描寫更普遍的政治現象，後面列出來的這些人就很重要。金庸加了「也是」，意即在讀小說的時候，並不太容易意識到這些人物也和政治性格有關。

例如名單裡的少林寺掌門方證大師，以及武當派掌門冲虛道人。他們一僧一道，都是出家人，怎麼會是政治人物呢？但既然接收到了作者的提醒，我們就必須認真從這個角度稍加思考。

當時，左冷禪發出邀請，召集五嶽劍派齊聚嵩山推舉掌門，方證大師和沖虛道人便聯袂去找令狐沖，然後慫恿令狐沖出來爭奪五嶽派的掌門之位。這時候的令狐沖是什麼身分？他是一個莫名其妙剛上任的恆山派掌門人，掌管著一眾尼姑和女弟子們。

在恆山懸空寺中，沖虛道人以一句「權勢這一關，古來多少英雄豪傑，都是難過」切入主題，替令狐沖分析，如果左冷禪當上了五嶽派的掌門人，接下來會發生什麼事。這「接下來發生的事」，談的不是武俠，而是政治。

> 沖虛道：「左冷禪當上五嶽劍派盟主，那是第一步。第二步是要將五派歸一，由他自任掌門。五派歸一之後，實力雄厚，便可隱然與少林、武當成為鼎足而三之勢。那時他會進一步蠶食崑崙、峨嵋、崆峒、青城諸派，一一將之合併，那是第三步。然後他向魔教啟釁，率領少林、武當諸派，一舉將魔教挑了，這是第四步。……左冷禪若能滅了魔教，在武林中已是唯我獨尊之勢，再要吞併武當，收拾少林，也未始不能。幹辦這些大事，那也不是全憑武功。」……
>
> 令狐沖道：「原來左冷禪是要天下武林之士，個個遵他號令。」

左冷禪和任我行都有一統江湖的政治野心。那沖虛道人和方證大師呢？即便沒有野心，但他們想的也是如何保全自身門派不受侵犯；他們拉攏令狐沖，就是看中令狐沖的劍術修為高過左冷禪，頗有勝算；讓令狐沖當五嶽派掌門，自然比左冷禪令人安心；當令狐沖仍有所遲疑，他們抬出恆山弟子與華山師門恐遭左冷禪宰割，挑起令狐沖的恐懼心理……，這些種種，無一不是權謀話術與操作。

那為什麼連定閒師太、莫大先生都是政治人物呢？這幾個人的政治性，主要來自他們對權力的敏感度。似乎只要身為掌門人，就難逃權謀的渾水。

林平之、向問天也是政治人物。林平之最政治的一面，是他能夠猜到岳不羣的心思。如果沒有對權力的敏感性，他不可能瞭解岳不羣在想什麼。家傳「辟邪劍譜」的原罪讓他如坐針氈，若非如此，他早就不知死在師父手下幾回了。更進一步說，他也有他自己的心思，知道很多事都得從權力關係上去觀察，才能夠預先知曉什麼時候出手，以及在什麼情況下該用何種方法保護自己。這樣看來，岳靈珊也只是他自我保護的一顆棋子。

向問天一直忠於任我行，在東方不敗奪權之後，向問天逃了出來，他念茲在茲的就是要救出任我行，助他重返日月神教。令狐沖陪著他們來到日月神教的總舵黑木崖，看到了一件對他來說非常不可思議的事情，就是東方不敗統治教眾的方式。

奇怪之處在於，這些刀口上舔血的江湖人物，訓練了一身的功夫、本領，冒著生命危險與敵人拚搏、為本教效忠，不就是為了不想低聲下氣，為自己贏得出頭的機會？可是東方不敗卻叫這些江湖豪傑都要向他跪拜。等到任我行殺死東方不敗，重新掌握大權：

殿外有十餘人朗聲說道：「玄武堂屬下長老、堂主、副堂主，五枝香香主、副香主參見文成武德、仁義英明聖教主。教主中興聖教，澤被蒼生，千秋萬載，一統江湖。」

任我行喝道：「進殿！」只見十餘條漢子走進殿來，一排跪下。

任我行以前當日月神教教主，與教下部屬兄弟相稱，相見時只抱拳拱手而已，突見眾人跪下，當即站起，將手一擺，道：「不必……」心下忽想：「無威不足以服眾。當年我教主之位為奸人篡奪，便因待人太過仁善之故。這跪拜之禮既是東方不敗定下了，我也不必取消。」當下將「多禮」二字縮住了不說，跟著坐了下來。……

令狐冲這時已退到殿口，與教主的座位相距已遙，燈光又暗，遠遠望去，任我行的容貌已頗為矇矓，心下忽想：「坐在這位子上的，是任我行還是東方不敗，卻有甚麼分別？」

這是令狐沖無法理解的，尤其是像向問天這般武功計謀膽識都不凡的人物，也要在那裡跟著跪拜嗎？小說裡並沒有刻意描寫，當任我行沿用了東方不敗的這套儀式後，向問天的舉動是什麼？他也是一起喊口號，該跪就跪，該拜就拜嗎？

這裡就清楚地凸顯出向問天和令狐沖不一樣的地方，他也是一個政治人物。他知道權力是怎麼一回事，他的選擇是一種權力的選擇。

金庸的提醒讓我們看到，原來這些人物在小說裡都有他們的政治判斷，而這些形形色色的權力人物在每一個時代都有，在別的國家也會有。《笑傲江湖》為什麼故意不寫出明確的歷史背景？是為了避免讀者誤會，以為只有在這樣的時代，才會出現這麼腐敗、這麼糟糕的政治（武林）局面，才會有這羣人用這種方法爭權奪利。

這正是《笑傲江湖》的精妙之處。

06 東方不敗：「非個人化」的個人崇拜

金庸在《笑傲江湖》中所寫的政治權謀，非常重要的一個面向是日月神教。透過日月神教和東方不敗，金庸讓我們瞭解到一個重要的悖論（paradox）：這樣的組織、這樣的個人崇拜系統發展到了極端之後，竟然變成了「非個人化的個人崇拜」。

個人崇拜可以是「非個人化的」，這是什麼意思？

日月神教原來的教主任我行，他的標誌性武功是「吸星大法」。顧名思義，「吸星大法」可以吸取別人身上的內力而為己用。只是吸取了別人的內力，就像是打擊主要敵人的過程中，連結了太多不同的次要敵人，以至於身體裡吸納了太多異質的成分。所以到了一定的時候，任我行必須要去調和、整頓，將他自己的內部（內力）單純化，以免遭到反噬。

就在這個時候，東方不敗崛起了，他將任我行囚禁起來，繼而徹底改造了日月神教組織，不僅繼續用「三尸腦神丹」控制教眾，還變本加厲地營造一種極度個人崇拜的氛圍──教眾成了阿諛大隊，有各式各樣的儀式、各種不同的諛詞口號。

那麼，怎麼做才能讓這種崇拜有效且持久呢？中國早期的法家，分為重術派、重勢派、重法派等，而重術派和重勢派基本上都主張：君王要盡可能地遠離你的臣下，不要讓臣下知道你什麼時候會高興、什麼時候會生氣，不要讓臣下猜到你喜歡什麼、討厭什麼。如果猜到了、能掌控了，他們就可以投其所好，以遂目的。於是君王在運使權力的時候，有時不小心就會顛倒過來，其實是臣子們在利用主上、操控主上，君王失去了在權力上絕對的控制。

因此，君王不能讓臣子們知道你到底是喜是怒，最好連你人在哪裡、現在想做什麼，都不要透露。你隨時可能突然出現在他們眼前，他們才會時刻保持戰戰兢兢。換到現代也一樣，如果老闆的行程表固定下來，員工們曉得他九點要進公司喝咖啡，十一點要開會，他們就知道怎麼渾水摸魚，知道怎麼應對老闆。跟臣子們保持距離，行蹤莫測，這是重勢派、重術派所講究的。

東方不敗打造的日月神教，的的確確就是這樣的組織，成了一個極端個人崇拜的體系。

任我行重返日月神教時，看到東方不敗的這套系統，本來是嗤之以鼻的，認為大家都是兄弟，哪有這麼多狗屁嘮叨的事，「千秋萬載，一統江湖，倒想得挺美！」

這個時候，東方不敗打造出來的個人崇拜的機制，崇拜的對象是誰？當然是東方不敗了。

但到了後來，東方不敗死了之後，任我行坐在「成德殿」的寶座上，所有這些兄弟都來了，這時候也就不再是兄弟了，一個一個都變成了臣子，開始喊口號，開始向任我行跪拜。任我行沾沾自喜，覺得這樣也不錯。

任我行笑罵：「胡說八道！甚麼千秋萬載？」忽然覺得倘若真能千秋萬載，一統江湖，確是人生至樂，忍不住又哈哈大笑。

這裡產生了一個吊詭現象，表面上這是個人崇拜，但這個「個人」到底是誰？是東方不敗，還是任我行？這個系統其實並不在意。換句話說，即使上位者換了一個人，這個組織、這套系統還是可以繼續運作，將新來的人當作崇拜的對象。這是權力最可怕、最巨大的誘惑。

如果這些人真的只是崇拜、服膺東方不敗這個人，那麼任我行上位了，這套體系不可能存在下去。但金庸要寫的是：這套系統最可怕的地方，就是誰佔了那個位置，底下的人都會用同樣方式去阿諛、巴結。

之前創作《天龍八部》時，金庸就嘗試寫過，表現在星宿派丁春秋和他的徒弟們這種關係上。不過相比《笑傲江湖》裡的日月神教，星宿派簡直是小巫見大巫。日月神教的這套儀式控制法，有著更清楚的歷史來歷，來自真正的皇帝——漢高祖——的故事。

漢高祖劉邦是從沛縣發跡，跟在他身旁的都是沛縣的流氓、混混、雞鳴狗盜之徒，可是大家一路打，竟然打敗了項羽，奪得了天下。劉邦被擁立為皇帝，他廢除秦朝嚴苛的儀法，力求簡易，沒想到臣子們卻在朝堂上「飲酒爭功，醉或妄呼，拔劍擊柱」，做出許多失控的舉動。

這時就有一位有學問的人，叫做叔孫通。他向劉邦建言，你可以不要學秦始皇，但至少要有朝堂的規矩。因此叔孫通就替劉邦制定了「朝儀」。什麼是「朝儀」？就是上朝覲見皇帝的一套宮廷禮儀。

劉邦剛開始大概也是這種態度：「我需要這種東西嗎？他們敢不聽我的嗎？」這時的劉邦不就是任我行嗎？死了的東方不敗不就是秦始皇嗎？叔孫通就

勸他說：「沒關係，我們可以來演練一下。」

《史記．叔孫通列傳》詳細記載了長樂宮落成後，諸侯、大臣們第一次按照新的宮廷禮儀進行朝會的情況。昔日的牛鬼蛇神都乖乖地、依次地走進來列隊站好，一個一個肅靜地敬酒，御史在一旁執法，看到不守規矩的就把他帶走，「無敢讙譁失禮者」。劉邦看到後非常滿意，他的反應也很真，就說：「到現在我才明白當皇帝是怎麼個好法。」（「吾乃今日知為皇帝之貴也。」）

想當然耳，這一演練就不會改了，以後都照這樣。這就是權力的誘惑。

07 「邪惡」的葵花寶典

金庸透過東方不敗、日月神教描寫權力的運作，同時也引發了這部小說另一個奇怪的文化現象。

如果沒看過《笑傲江湖》這部小說，當你聽到「東方不敗」這名字，是什麼樣的印象？會想像他是什麼樣的角色？因為很多人對金庸小說的認識，不完全來自小說文本，而是影視改編。就是在影視改編和小說文本之間，東方不敗這個角色有了奇特的糾結。

不曾認真讀過小說的人，大概都會覺得東方不敗是個厲害的重要角色吧。為什麼重要？因為徐克，因為林青霞。一九九二年，導演徐克拍的《笑傲江湖》電影續集上映，標題不就變成了《笑傲江湖II：東方不敗》嗎？那其實是徐克改編的故事。

《笑傲江湖》原著裡的主要角色都在，可是，這部電影的主角是東方不敗。東方不敗這個角色可能是林青霞電影生涯中演得最過癮、最精彩的一次。飾演令狐冲的是李連杰，可是看完電影，你根本不會記得李連杰，不會記得令狐冲。

在原著小說裡，東方不敗為了修練「葵花寶典」而自宮，從此性情大變，愛穿女裝，也有了男寵。林青霞飾演的東方不敗卻是忽男忽女，她以女性形象出現的時候，愛上了令狐冲，可是他生理上是個男人，只好派出自己的小妾、一個真正的女人去勾引令狐冲，衍生出好多的故事。

留有這樣的印象，我們會以為小說裡東方不敗的戲份又多又重要。但金庸其實不是這樣寫的。

東方不敗在小說中一直只聞其名、不見其人，從一開始他的聲名就很響亮——他是魔教教主，取名「不敗」，代表他從來沒輸過，是當世的第一高手。他的事蹟從頭到尾都是傳聞，大家都在講東方不敗，聽到「東方不敗」的名字就感到敬畏害怕，但是東方不敗在小說裡真正上場到下場，物理時間應該不超過一個小時。

東方不敗何時現身的？就在任我行、向問天、令狐冲、任盈盈等人直闖黑木崖，押著楊蓮亭來到教主的秘密居所，那是在一座精緻小花園的小舍裡。東方不敗在幹嘛呢？他正在繡花。然後，他就以一根繡花針和形同鬼魅的身法，將任我行等四人打得完全招架不住。幸得任盈盈砍傷楊蓮亭讓東方不敗分神，任我行等人才能夠擊敗他。

先看過電影，或是之前聽過東方不敗名號的人，如果此時看到小說，東方不敗就這樣死了，腦袋裡第一個想法一定是：不可能，東方不敗不可能就這樣死的，後面一定還有蹊蹺。但很抱歉，他的戲份就到這裡。

在金庸的筆下，東方不敗是為了進行權力的分析和影射而存在的，關鍵的重點不在這個角色，而是他所建立的這套統治系統。這和導演徐克所要呈現的完全是兩回事。

在《笑傲江湖》裡，東方不敗建立的這套系統中，教眾們仰望、崇拜的對象自然是他自己。可是東方不敗一定要死，而且必須快速地死，這就是他的功能。他死了之後，任我行重新成為教主，接收了這一套個人崇拜儀式，它就變成了一個自主的系統——誰坐到那個位子，就可以得到那樣的個人崇拜。這是可以獨立於東方不敗而存在的一種權力結構，這使得這個權力結構格外可怕。

金庸在寫這樣的權力結構時，其實遇到了一個瓶頸，然後他運用了一種不是那麼聰明、技巧的方法，在類型小說中我們一般稱之為「天外救星」或「機械降神」（deus ex machina）——剛好就那麼巧，出現了一件事情，幫你解決了巨大的難題。

什麼樣的難題？東方不敗雖然叫做「不敗」，但他畢竟是一個人，他還是會敗、會死的。真正不敗的——這才是金庸要凸顯的重點——是這套系統。當任我行不想要改變它，實質上他就被這套系統同化了，從而成為真正的邪魔代表。因為這個組織具備自我內在運作的特質，令人感到毛骨悚然。而且這個組織如果真的不敗、不死，豈不是長長久久，沒有辦法消滅了？

於是，金庸必須找出一種方法，讓這個不敗的系統最後還是能夠被打敗。是什麼方法呢？東方不敗是怎麼敗的，這套系統也就怎麼敗。

關鍵就在《葵花寶典》。

武俠小說實質上仍然是以男角作為敘事的中心，金庸一路寫出了許多精彩的女性角色，正因為他沒有單純地依照傳統武俠小說的寫法，將女子當作附屬品。可是畢竟還是有一些主題內容沒那麼容易超越。當金庸寫東方不敗時，要形容、描述最邪惡的形象、最邪惡的武功時，他選了什麼？就是讓他成為不男不女的人。

《葵花寶典》的第一條秘訣，就是「欲練神功，引刀自宮」。自宮後的東方不敗，在小說裡出場的形象其實是非常醜陋的，和徐克電影裡林青霞演出的模樣完全不同。

只聽得內室一人說道：「蓮弟，你帶誰一起來了？」聲音尖銳，嗓子卻粗，似是男子，又似女子，令人一聽之下，不由得寒毛直豎。……房內花團錦簇，脂粉濃香撲鼻，珠簾旁一張梳妝台畔坐著一人，身穿粉紅衣衫，左手拿著一個繡花繃架，右手持著一枚繡花針，抬起頭來，臉有詫異之色。

但這人臉上的驚訝神態，卻又遠不如任我行等人之甚。除了令狐冲之外，眾人都認得這人明明便是奪取了日月神教教主之位、十餘年來號稱武功天下第一的東方不敗。可是此刻他剃光了鬍鬚，臉上竟然施了脂粉，身上那件衣衫式樣男不男、女不女，顏色之妖，便穿在盈盈身上，也顯得太嬌艷、太刺眼了些。

這個東方不敗的聲音是男人的，可是說話的音調口氣卻是女人的；他的身材體型看起來是男人，可是他的動作卻是女人的。金庸這樣寫，就讓讀者對於東方不敗這個人，以及奉他為精神領袖的這個組織，立刻感覺到一股邪惡、一種厭惡。

不管是《葵花寶典》還是《辟邪劍譜》，兩者的共同之處，在於讓讀者感到武功本身是邪惡的。在當時的時代環境下，金庸選擇了一個相對方便的方法，找到在讀者心裡最不舒服的一種形象。透過這種方式，金庸為讀者建立起這樣的認知：《葵花寶典》是邪惡的，練《葵花寶典》的人是邪惡的，所以這個人所建立的這套系統也是邪惡的。

《笑傲江湖》中環繞著東方不敗的敘事，我們應該要看到、體會到，金庸在時局的刺激下，如何認真地描繪那樣一種權力猙獰的荒謬感。

08 對權力免疫的人

在《倚天屠龍記》裡，張無忌當上了明教教主，明教也是魔教，和日月神教一樣。但是張無忌不是一個邪惡的人，好人成為了教主，這個教派連帶地也被改變了。只是到了《笑傲江湖》，金庸不能再寫同樣的情節。

那麼，接下來該如何解決變得如此可怕的組織呢？在這方面，金庸處理的方式有點不那麼漂亮，仍然運用了「天外救星」、「機械降神」——他讓任我行突然身亡，讓他的野心戛然而止。而在任我行死後，是誰成為黑木崖的新主人呢？他的女兒任盈盈。

金庸讓任盈盈成為了日月神教教主，用以解決這個魔化的系統，因為她在小說裡的基本作用，和令狐冲是一樣的——她是另一個對權力免疫的人。

《笑傲江湖》的〈後記〉裡，金庸是這樣說的：

> 盈盈也是「隱士」，她對江湖豪士有生殺大權，卻寧可在洛陽隱居陋巷，琴簫自娛。她生命中只重視個人的自由，個性的舒展。惟一重要的只是愛情。這個姑娘非常怕羞靦腆，但在愛情中，她是主動者。令狐冲當情意緊纏在岳靈珊身上之時，是不得自由的。只有到了青紗帳外的大路上，他和盈盈同處大車之中，對岳靈珊的癡情終於消失了，他才得到心靈上的解脫。

是愛人比較重要、比較幸福？還是被愛比較幸福、比較重要？金庸顯然給了一個很特別的答案。當令狐冲那樣愛著岳靈珊的時候，他是不自由的，他沒有辦法在她面前任意做自己。但是倒過來，如果他是被愛的，在這種狀態下反而自由了。任盈盈自己就是一個熱愛自由的人，令狐冲不會被她拘束；她的這份愛，在小說裡才會那麼動人。

我很看重金庸為每部小說寫的後記，但不會照單全收，有的時候還是要比對一下小說裡是怎麼寫的。這裡就有一點不太對勁。

在「青紗帳外的大路上」，令狐冲和任盈盈感受到了從所未有的寧靜與美好，的的確確是兩人感情升溫的重要轉折。但那時的令狐冲並沒有「對岳靈珊的癡情終於消失」。如果在大車裡，他已經擺脫了自己的心結，坦白說，小說後面也就不必讓岳靈珊死了。

金庸讓岳靈珊死在林平之的劍下，還讓岳靈珊在將死之時對令狐冲說，要他來照顧林平之。金庸為什麼要這麼寫？因為他將令狐冲對岳靈珊的癡情寫到了那樣深的程度，那就不會有任何世俗的力量，可以改變他對岳靈珊的感情。

即使岳靈珊嫁人了，對令狐冲來說都不能讓他放棄。所以岳靈珊必須死，否則令狐冲的感情會一直放在她身上。還不只如此，如果岳靈珊以別的方式死了，也許她在令狐冲心裡會永遠被供成神主牌，任盈盈更不可能和死了的岳靈珊競爭。

因此，我們看到的情節是這樣的：即使被丈夫所害，岳靈珊在臨死前都不後悔她對林平之的愛，到她死的那一刻，她心裡惦記的仍然是林平之。這就再也沒有挽回的機會了，令狐冲才真正死了心。

所以，金庸在小說裡寫的，比他在後記裡說的，其實更加絕對、更加極端。不過，金庸說任盈盈和令狐冲是同一類人，這是非常重要、準確的表述。

舉世滔滔中，幾乎所有人都不免被權力迷惑。什麼樣的人才能對權力免疫呢？令狐冲可以，任盈盈也可以。任盈盈雖然接掌了日月神教，但她不喜歡權力而想要個人自由，也看重別人的個人自由。這樣的人才能夠消解被東方不敗打造出來、接著又被她父親任我行運用過的那套可怕的權力機器。這是金庸找到的一條出路。將任盈盈和令狐冲兩個人放在一起，對於權力鬥爭的反省，有著重要的意義。

金庸說任盈盈「對江湖豪士有生殺大權，卻寧可在洛陽隱居陋巷，琴簫自娛。」這裡有我們不能忽略的另一個重點——琴簫自娛。回到小說的書名「笑傲江湖」，指的是什麼呢？就是劉正風和曲洋二人一簫一琴，合力創制的一首音樂作品。

任盈盈第一次出現的時候，被令狐冲誤認為是一個老婆婆，有著比綠竹翁更高超的音樂造詣。為什麼要特別凸顯「琴簫自娛」？因為這關乎到任盈盈憑什麼可以抗拒權力，成為不被權力所誘惑的隱士。

在這件事情上，金庸的想法是進步的。他並沒有把任盈盈為什麼不喜歡權力，簡單歸結到因為她是個女人，女人沒有權力的欲望。金庸反而將任盈盈描寫成一個能夠抗拒權力的隱士，並且在她身上尋得了線索——她是音樂和藝術的愛好者。

換句話說，什麼是權力的解藥？如果你有一種內在自足的心靈追求、心靈享受，你就可以無視權力。對任盈盈來說，我有音樂自娛，權力對我有什麼好處？我擁有愛情，權力對我有什麼好處？

用這種方式，我們可以進一步提問：金庸在《笑傲江湖》中所提出的政治主張是什麼？人為什麼如此貪戀、追求權勢？答案就是：要藉由權勢來滿足自己。在追求權勢的過程中無所不用其極，對人格來說是消耗的，它會不斷地掏空你。於是，就算追求到了權力，仍然無法帶來心靈的飽足感。

什麼東西可以讓心靈飽足呢？愛情可以，藝術也可以。所以在這部小說中，藝術非常重要。藝術可以讓人癡狂，藝術可以讓人不只是忘卻權力，還會選擇遠離權力。

《笑傲江湖》裡有一組人物，叫做「江南四友」，那是四個分別對琴棋書畫癡迷的人。他們原本是日月神教的高手，卻選擇到西湖梅莊看守地牢，為什麼？因為他們對藝術的愛好，使得他們對教中的權力鬥爭與鉤心鬥角都沒有興趣，只要教主願意給他們追求藝術的自由，他們就滿足了。

江南四友選擇自願離開了這套權力系統，就像任盈盈一樣，因為藝術可以讓人飽足。

令狐冲為什麼可以抗拒權力？因為他的內在也非常富有。他內心的自給自足不完全是愛情，也不是藝術，那是什麼？是他忠於自我的原則。在這樣的精神富足下，一個人連性命都可以不顧，何況權力？

09 無法笑傲的江湖

《笑傲江湖》這個書名，源自劉正風和曲洋二人合力創作的曲子。在〈後記〉中，金庸寫下這樣一段充滿感慨的話：

> 人生在世，充分圓滿的自由根本是不能的。解脫一切欲望而得以大徹大悟，不是常人之所能。那些熱中於政治和權力的人，受到心中權力欲的驅策，身不由己，去做許許多多違背自己良心的事，其實都是很可憐的。
>
> 在中國的傳統藝術中，不論詩詞、散文、戲曲、繪畫，追求個性解放向來是最突出的主題。時代越動亂，人民生活越痛苦，這主題越是突出。

「解脫一切欲望而得以大徹大悟」，這是佛法上的解脫，也是金庸在《天龍八部》裡所要探索、指引的方向。到了寫《笑傲江湖》又不一樣了，小說帶出的另外一層意義，就是——人在江湖，身不由己。

就像劉正風，連要退隱都不是一件容易的事。劉正風追求藝術上的自由，重視莫逆於心的友誼，想要金盆洗手；梅莊四友盼望在孤山隱姓埋名，享受琴棋書畫的樂趣，但他們都無法做到，因為在權力鬥爭的漩渦中不允許。

什麼叫做「笑傲江湖」？江湖原來是不允許誰能夠笑傲的，這是相當悲涼的反諷。「江湖」就意味著沒有自由。想要笑傲江湖，想要在江湖中得到自由，哪有那麼容易？

這又是另一種現實面，背後仍然有時局的影響。

金庸從一九六七年開始寫《笑傲江湖》，同時每天都在為《明報》寫社評。他看到了什麼？或者更進一步說，他想要透過小說探討什麼？他看到政治權力用這種方式扭曲了多少人，因此他期望能有一種力量、一種希望，讓人可以不要在權力之海中悉數被扭曲。

一方面他找到了，那可以是藝術，但是時局變化又逼著他對於這樣一種理想，不得不抱持著懷疑的態度。他希望藉由文化、藝術，讓人可以保持冷靜、保持清醒、保持清高，藝術帶來心靈飽足，繼而產生了自尊心。但不幸的是，在當時的殘酷鬥爭現況下，這幾乎是癡人說夢。中國傳統下的隱士可以擁有自身內在巨大的生命力量，可以不用管這個世界，可以不受這個世界的權力誘惑，可是金庸所處的現實世界權力運作卻不放過你。

從劉正風和曲洋的故事，連繫到任盈盈，再連繫到梅莊四友，金庸為什麼這樣寫？我們知道他在感嘆那個時代。或許有很多人忘掉了，可是那個時代，金庸每天都在讀新聞，都在寫社評，他知道有多少文人在「文革」那段時間中失去了他們的生命。

這些人有權力欲望嗎？不，他們是最不可能有權力欲望的一羣人，可是權力不放過他們。當權力不放過你的時候，文化和藝術可以幫助你離開權力，但卻沒有辦法幫助你對抗權力。

這是金庸在〈後記〉裡所提到的、隱含著時代悲傷的巨大課題。這個巨大課題在小說裡不可能解決，甚至在金庸自己的生涯裡，也沒辦法真正解決這個問題。

金庸寫《笑傲江湖》的那段時間，「文革」的奪權鬥爭正如火如荼，因此他要寫一部和現實相關聯的小說，但這不是一部影射小說，而是藉由現象去探索權力的一部小說。為此，金庸將小說的歷史背景拿掉了，《笑傲江湖》可以屬於任何時代。

如果一部小說是跟著時局而創作的，那麼它必然要付出代價：時局隨時在變動，小說也要跟著變動，就一定被現實牽著走。換句話說，小說可能會照顧不到結構。

如果《笑傲江湖》寫出來像是《天龍八部》，甚至比《天龍八部》更加結構混亂，說老實話，我反而比較能夠理解。但驚人的是，《笑傲江湖》完全不像《天龍八部》，其結構非常嚴謹。我的解讀是，這是金庸自己的反省，他不願放任自己再寫一部結構散漫的小說，所以他將《笑傲江湖》的故事架構抓得非常緊密。

和《倚天屠龍記》一樣，《笑傲江湖》也明顯分成前後兩部分。

前半部寫的是令狐冲一路飽受病痛與冤屈的折磨，最後習得了「吸星大法」的這個過程。他以華山派大弟子的身分，陰錯陽差見疑於師門，自己則是死不掉又活不下去，繼而和日月神教的重要人物產生了牽扯。因此，雖然令狐冲登場時已經是個具備江湖身分的成年人，但是在小說的前半部，我們仍然可以將它視作特別的成長小說。他一直打輸、一直受傷、一直從挫折中重新站起，這樣的令狐冲，靠著「吸星大法」化解異種真氣，讓他暫且獲得了新生。

那《笑傲江湖》的後半部在講什麼呢？《倚天屠龍記》的後半段是張無忌的情感教育（可參《流轉江湖》一書）；相對的，令狐冲所要經歷、學習的，是政治教育或權力教育。他必須見識到什麼是政治權謀，而且這份政治教育是雙重的。

因為與任盈盈、任我行的關係，令狐沖取得了一個特別的位子，像張無忌一樣，他也介於正派和邪派之間。可是以他的身分和角色，需要學的不一樣。他學到的是，不論身在名門正派、或邪魔外道，政治操弄無所不在、權力關係無所不在，通通都是利害的算計。而唯有具備隱士性格、對權力絕緣的人，才能夠處身其中，最終解決了正、邪之間的政治問題。

透過令狐沖這個角色，金庸帶著我們經歷了一趟權力教育，教我們認清楚、看明白什麼是無所不在的政治角力。不過這不是現實的教育，因為我們除了看到什麼是權力的思考、權力的算計外，金庸也試圖讓我們看到，他在努力地尋找權力的解藥。雖然不容易，卻仍然描繪了一點淨土存在的可能。

第四章

《鹿鼎記》

超越民族主義的小人良知

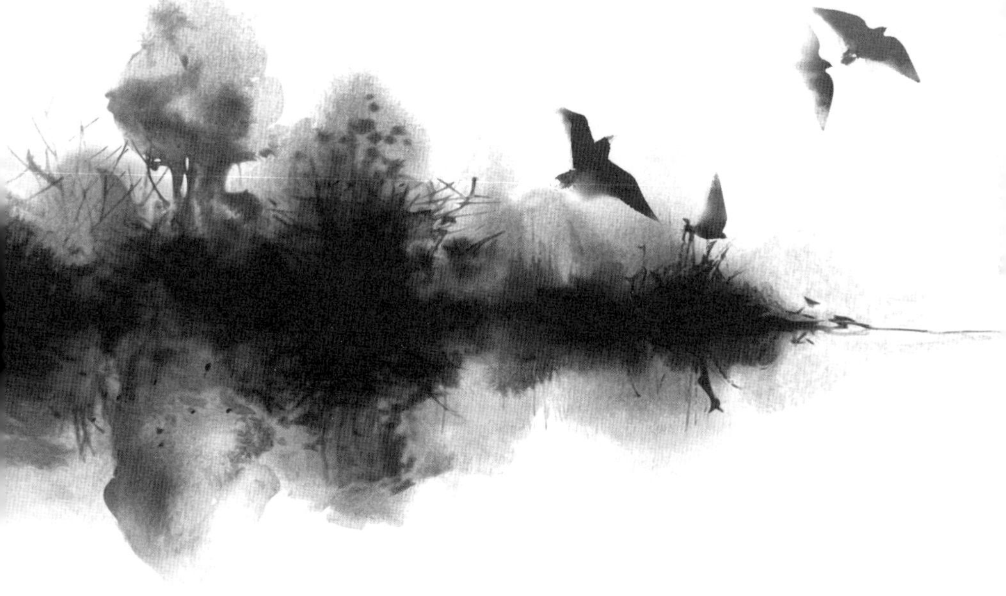

01 逃避現實與道德朝聖

我們接受武俠小說是虛構的。在武俠小說裡，有人可以施展輕功，就飛上了絕壁，有人可以隔空一掌，就取了別人的性命。

可是容我這樣問：如果金庸在武俠小說中寫了南宋的郭靖，提起一口真氣，狂奔在一條平坦的高速公路上，你能接受這樣的內容和情節嗎？你大概會說，郭靖明明活在宋代，那個時候怎麼可能有高速公路？但是等等，難道宋朝會有隔空一掌就把樹打斷的降龍十八掌嗎？

很有意思的是，即使對於明知道是虛構的內容，讀者也有一套自己的標準，決定什麼是他要接受的，什麼是他不願意接受的。我們從來都不是那麼寬容的讀者，因為讀者保留了最後、最大的權力，那就是要不要讀下去。

並不是作者高興怎麼寫就怎麼寫，讀者內在有一種機制在提防著：你要對我說什麼，必須要符合我認定的、可以接受的標準，如果讀不下去，我就不讀了。讀得下去或讀不下去，是有一個標準的。如果你捉摸不到這部小說的潛在規則，你就覺得讀不下去。當然，每個人的內在標準不太一樣。

此外，對於不同的小說，讀者願意容忍和接受的程度也不一樣。越是不以現實為標準的，越需要一種內在的紀律去說服讀者，或者讓讀者安心。讀者必須知道，我在這部小說裡會讀到什麼，更重要的是，我不會讀到什麼。

武俠小說可不可以瞎扯？這就看所謂的「瞎扯」是什麼意思。如果從寫實、現實的角度看，武俠小說裡幾乎沒有一件事情不是瞎扯的。那麼，你怎麼畫這條界線、這道標準呢？

提一口真氣，飛上絕壁，我們說這不是瞎扯；提一口真氣，跑在高速公路上，我們說這叫做瞎扯。不要小看這樣的判斷，這種判斷在相當程度上，幫助我們決定有哪些武俠小說是比較好看、比較紮實、比較嚴謹的，又有哪些武俠小說就是讓你看不下去。

武俠小說憑藉整個文類中各個不同作品的彼此呼應、相互加強，產生了這套規矩。如果要瞭解這套規矩，就應該回頭去看武俠小說文類誕生的時代，因為這個文類的閱讀標準，對應了那個時代的讀者要求。

讀者要求什麼呢?非常簡單卻也非常重要的,是逃避。武俠小說的基本讀者,是對現實有著強烈無力感、焦慮感的人。這種無力和焦慮來自於那個時代。

那是一個大時代的背景。什麼叫做「大時代」?就是時代凌駕於人之上,在時代面前,人們不太知道自己能做什麼。歷史與環境難以捉摸的激烈變動,人們沒有把握下一步該怎麼做,不知道做了之後會得到什麼樣的結果。

再往更遠一點說,在中國社會集體價值的底層,一直都有一種以人為核心的觀念,認為要解釋任何的事情,都要追溯到有一個什麼樣的人,做了什麼樣的事,造成了什麼樣的影響。

就像中國的文字。想要瞭解中國文字的發明,在這樣的價值觀念下,人們就會說,那是因為有一個了不起的人叫做倉頡,是這個人創造了文字。一定要找到這樣一個人,在傳統的文化觀念裡才覺得是對的,或是才能夠安心接受的解釋,以至於包括史學的核心、主流的形式是紀傳體,也是以人為中心的。

然而在大時代的變化中,中國社會為什麼產生了那麼強烈的無力感?有一部分的原因是,人們對這個世界的認知必須進行巨大的調整。一直到今天,我們都還在調整當中。

比如什麼叫做「社會」?「社會」一詞已經變成我們日常生活的語言中經常用

到的詞彙，可是回到清末之前，在當時大中華的傳統裡，沒有「社會」這樣的詞、這樣的觀念。

這兩個字是從日文的「社會」（しゃかい）翻譯過來的，而日文的「社會」又是翻譯自英文的 society。「社會」不是中國固有的概念，但是當這個概念變得如此重要時，就逼著中國人要去體會、認識：原來我怎麼過日子，我能夠獲得什麼，背後有一個超越於個人，甚至反過來可以控制個人、擺佈個人的巨大力量，那就是社會。

剛開始的時候，人們經常是以負面的方式感知「社會」。活在這個世界上，覺得能夠做主的事情越來越有限：國家不是你能做主的，政治不是你能做主的；接下來收入、財富也不是你能做主的；到了私人領域裡，又進一步發現，婚姻不是你能做主的，甚至連兒子都不是你能做主管教的。

這種狀況下，很容易產生強烈的無力感。尤其面對公共領域時，無力感就更深切了。比如面對戰爭，你能做什麼？從鴉片戰爭以降，外國勢力湧入，只能割地又賠款。接著中日戰爭爆發，不只是跟日本人打仗，後來還跟自己人打仗，面對內戰與流離之苦，你能做什麼？作為一個人，飄蕩、搖擺在各種不同的勢力中間，人們不只安定不下來，而且什麼事都不能主動地決定、行動。

這樣的背景下，武俠小說帶來非常重要的安慰，幫助那個時代的讀者得以逃避現實。因為在武俠小說中，仍然保留了十分強大的個人性，這個「個人」就是江湖世界裡的英雄（hero）。

Hero這個英文字有雙重的意思，既是英雄，同時也是主角。這也是為什麼西方大眾小說的這些基本格式與寫法，後來到了臺灣、香港，會廣泛流行起來。

大眾小說有一個重要的標準，就是讀了小說之後，讀者會著迷於其中一個角色，或是對某幾個角色明確認同，覺得自己好像變成了他（們），跟著他（們）進入到小說的情境裡。

絕大部分暢銷、受歡迎的大眾小說，都具備這樣的特質。武俠小說也一樣，一定要有能讓讀者明確認同的對象，而且這對象具有高度的可辨識性，他一定是個英雄。

作為英雄，這個角色有兩項重要的成分。第一是武與俠。因為英雄必須運用高超的武藝來解決許多的紛爭。武藝好還是不好，是一個人在江湖上能夠發揮多少影響力最重要的因素。

武俠人物一定要在武藝上比個高下，武功越高的人地位越重要，武俠小說讀者都接受這個基本標準。在武俠小說的流派變化中，最早的如平江不肖生作品中，主角出現時已經身懷武功，寫的是一群有武藝的人彼此之間發生的事。

這個過程中，臥龍生有一個特別的貢獻，他開始寫一種特殊的小說，後來在臺、港有很多武俠小說作者跟著寫，於是產生了一種新的模式。這個模式就是，一個年輕人（通常是少年）經過了一連串的遭遇，武功越變越強。中間一定要中過一次毒，功力就多加一成；一定要掉到山崖一次，功夫又多進步一層；一定要拿到秘笈，修練之後，功夫再長進一級。武俠小說被改寫成 initiation story（成長故事），也就是一個大俠的完成。

武俠小說越寫越長，因為小說中有很大的部分，可能佔了其中的百分之六十到八十，都在寫這個故事主角如何變成了大俠。這樣的寫法有遞進性，小說中越早出現的人物，武功越差；越早出現的武功層級越低、越不高明；用這種方式一層一層地堆疊上去，到最後，故事主角得以身懷絕技。讀小說很大的樂趣，就在跟隨著這個人一步一步成為一代大俠。

再者，作為一個英雄，大俠要能成其「大」，不只是武功要好，而且一定要涉入重要的大事件。這也是來自讀者逃避心理的需求，回頭相信、持續這樣的想像——一個人只要夠厲害，他是可以改變世界的。

不只是讓鄉下人不要再互相打架，也不只是解決幫派之間的仇恨，如果只做這些，怎麼能夠稱為大俠呢？讀者也不會想要繼續看下去。

什麼樣的事件才夠重要呢？武俠小說通常有個重要的主題，就是爭奪武功秘笈。那就至少牽涉到兩邊人，一般就是好人一邊，壞人一邊。如果秘笈落到了壞人手裡，那不得了，擁有秘笈的壞人如虎添翼，江湖可能會釀成大災禍。因此，武功秘笈一定要想辦法讓大俠得到，成為天下無敵以捍衛武林。而這件大事一部分就是隨著他的成長而來，也解釋了大俠如何在武功上達致巔峯。在這個過程中，讀者認同這個主角，也將自己想像成這個主角。

另外，武俠小說裡一定要製造出大事件的氛圍，需要大俠挺身而出，絕對不會是個人之間的小事。大致可以歸納為幾種：

一種是血海深仇，關於復仇的故事。《基度山恩仇記》是一個重要的原型，彰顯了復仇這件事有多麼吸引人。大家很容易相信、接受復仇的過程中可以無所不用其極，也就發生了許多光怪陸離的事。

再者，和復仇主題連繫在一起，有時不只是個人之仇，而是一幫一派之仇，甚至一家一國之仇。如果小說中有明確一點的歷史背景，通常也會將之放在種族衝突之中。例如清朝是武俠小說常取用的背景，關懷的就是民族大義的復仇。對當年讀武俠小說的讀者來說，他們遭受長期的民族挫折，民族主義是他們生命中很重要的基調。

還有一種，就是武林的存亡。有一個夠壞、夠邪惡的人，如果讓他奪得武林盟主的位子，就會毀掉所有的人。這讓讀者覺得有一件再重要不過的事情正在發生，讀者化身成為大俠，一路過關斬將，感覺到自己解決了惡人，讓這個世界回歸正常。

照這樣看，武俠小說的根本邏輯，其實是很小孩子氣的。最簡單的原型和表現形式，其實就是超人。超人平時窩在報社裡當記者，一旦遇到了大事發生，他就進入電話亭換裝，轉變成超人的形象。

如果隨便找一個看超人漫畫長大的美國小孩，問他：你將來最大的志願是什麼？他會告訴你說：To save the world（解救世界）。

這是他八歲時的想法，但不要以為他長大了，就跟這件事無關了。到了他六十歲的時候，他可能騎著腳踏車，日常吃素，問他：你在做什麼？他還是會告訴你說：我做這些事情是為了save the world（解救這個世界）。他的人生邏輯就是這樣的，必須覺得自己在拯救這個世界，生活才有意義。

武俠小說也在這樣的一套邏輯裡。必須有鬥爭、有奮鬥、有善惡衝突等戲劇性，讓大事件能夠立得住。所以接下來，按照武俠小說內在的規矩，最後的善惡之爭，一定是善有善報、惡有惡報，維持住道德的信心。

從這個角度看，我們可以說武俠小說必定有一種 moral pilgrimage，它是一段道德的天路歷程。武俠小說一開始就是黑白分明的，讀者所認同的、跟隨著他的生命一路走過去的這個人，就是個好人。而且這個好人在他成長的經歷中，也就是小說裡展開的各種情節中，會不斷地被考驗、受挫折、被折磨，所以說是 pilgrimage（朝聖）。

讀者跟隨著他，經歷這麼多的危險、這麼多的失敗，但是到了最後，我們會得到那個聖杯，完成心目中必須由他、也只能由他完成的大事。

這是一個天路歷程，這個歷程和原來武功上的進境，從臥龍生之後，就被捲在一起。這是武俠小說最好看的地方，代表善的主角，惡的勢力不斷攻擊他、挑戰他；他克服了這個惡，變得強大，再克服了那個惡，又變得更強大，最後成為解救武林、解救世界的大俠。

簡單地整理一下，包括金庸所承襲的武俠傳統，基本上就是這三大元素，由此形成了規矩：

第一，一定要有武功。主角沒有武功，就不是武俠小說。

第二，一定要有大俠，而且還是個英雄。小說裡的大俠要能夠讓讀者在閱讀的過程中投射、認同他，不但武功要越練越高，同時還要具備善的品格。

第三，一定要有大事發生。

只有瞭解了這樣一套規矩，在這套規矩之下讀金庸的最後一部小說《鹿鼎記》，才會知道它有多了不起。

02 反英雄小說

當我們用武俠小說的三大元素——武功、英雄、大事——來檢視金庸所寫的《鹿鼎記》，便會對《鹿鼎記》的成就有全新的認識。

我想不會有人否認，《鹿鼎記》裡所描寫的「大事」，被金庸推到了最極端，因為他用了過去武俠小說不曾用過的重手法——歷史現場報導。這意味著《鹿鼎記》裡所牽涉的事件，不是只在這部小說中重要，而是一般講清朝歷史時，都一定會提到的大事。

小說最先上場的是誰呢？有呂留良、顧炎武、黃梨洲，接著康熙皇帝登場了，再來有鰲拜，有陳近南，有吳三桂，有鄭克塽。這些都是歷史人物。只有大事件才會記載在史書裡，只有關鍵的人物才會在史書留下名字，所以《鹿鼎記》裡寫的當然是大事。在「大事」這一點上，金庸不只繼承了武俠小說脈絡，甚至將它推到了極致。

在《鹿鼎記》這部小說的舞臺上所發生的，是傳統武俠小說前所未見的真正大事。它幫我們記述了清代康熙一朝重要的史事，就像是帶著讀者來到了歷史現場，擒拿權臣鰲拜、平定三藩之亂、收服明鄭、簽訂尼布楚條約……，隨著這些故事，歷史人物在小說裡一一登場。

也正因為這樣，這部小說難寫。最難的地方就在於真實歷史的結果是不能改變的。你不能讓康熙當不成皇帝；康熙在位六十一年，讓它多一年、少一年都不行；你也不能改變鰲拜的結局……。把歷史帶進來，絕對不是一個便宜手法，而是非常大膽的做法。而金庸大膽的程度，我只能一貫地以魔術大師哈利·胡迪尼（Harry Houdini）來形容。

胡迪尼是個很不一樣的魔術師，他最厲害的魔術並不是變出任何東西，而是將自己綁起來，比如用手銬將雙手反銬，再用繩子綑住身體，然後進入一個外面用鐵鍊鎖住的箱子裡，再把這個箱子放到一個巨大的水族缸中，裡面灌滿了水。在被淹死之前，胡迪尼只有非常有限的時間。在這麼短的時間內，他得解開這層層束縛，讓觀眾看到他活著從水箱裡逃脫出來。

在腦袋裡放著胡迪尼這種魔術師的形象，然後再讀《鹿鼎記》，就會發現，我們也在看著金庸如何一層一層地將自己綁起來，並且竟然在如此高度的限制下，還能寫出這麼精彩、活潑的一部小說。

他把自己綁起來的第一層是——寫出歷史上康熙一朝的重大事件。如上述擒拿鰲拜、平定三藩之亂……，這些大事完全依照原來的歷史結果，也成為小說裡的主要情節。

接著金庸還要給自己另一層限制——他選擇了韋小寶作為主角。只要讀了小說開頭，韋小寶的形象就跳出來了：從任何角度、任何標準來說，他都不是一個大俠，甚至不具備成為大俠的資質和條件。

韋小寶出生在揚州的妓院（麗春院），他只知道媽媽是誰，所以他經常拿韋小寶這個名字來賭誓：如果我如何如何，我就不姓韋。可是他心裡想的是：我本來就不姓韋，我又不知道我爸爸是誰。

韋小寶如果喊人家媽媽，其實在心裡就是在罵人家婊子。而且他不識字，武功秘笈擺在他面前也沒有用。他也不像石破天，有那種天生的領悟能力，看到字會想到形狀，從而破解神功奧秘。

韋小寶上場的時候還是個小孩，十三、四歲，完全沒半點規矩，身上具備的本事，一個是逃跑，另一個是罵人。除了罵人和用下三濫的打架手法外，他沒有任何能力。小說一開始，韋小寶遇到江洋大盜茅十八，就是用了下三濫的手法（撒石灰傷敵）救了他。

韋小寶在妓院裡學到的最大本領就是說謊，也就是見人說人話、見鬼說鬼話。所以不要說他不是君子，這太抬舉他了。韋小寶習慣滿口胡言，他甚至不覺得人應該要說真話。

我們一般認為一個人身上最可怕的缺點，通通都集合在韋小寶身上。這真的已經很驚人了。這樣的主角一站出來，跟其他的武俠小說，包括金庸自己所寫的武俠小說的主角，完全都不一樣。想像一下，將郭靖和韋小寶擺在一起，不然，將張無忌和韋小寶擺在一起，那算怎麼回事？

金庸喜歡寫武林中的怪誕人物，這是武俠小說的另一個傳統，只不過過去武俠小說中這些人物都是配角。他們可以是重要的角色，但就只是配角。例如執著瘋魔的歐陽鋒、孤僻彆扭的黃藥師，金庸也寫得很精彩，可是很清楚那就是配角。

在這之前，主角的怪誕性格頂多就寫到令狐冲這樣。雖然令狐冲不是一個規規矩矩的大俠，但和韋小寶放在一起根本不值一提。最有可能和韋小寶放在一起的主角，大概只有楊過。他們都不喜歡受到禮法約束，剛出場的時候也都沒有江湖認知，因此不會屈從江湖的原則。

但是韋小寶和楊過仍然不一樣。楊過到後來脫胎換骨，成為「神鵰大俠」，不只是他的武功，還有他的俠風、膽識，都和初上場時的那個小乞丐、小癟三形象不可同日而語。而金庸卻讓韋小寶從頭到尾都是一個樣子。

從舊派武俠裡翻出新派武俠的金庸，當然知道自己在做什麼。這意味著他斷絕了、不讓自己再去寫前面提過的武俠小說的其中一項元素：大俠成長的故事。楊過、張無忌，甚至石破天等，小說中都有成長的經歷，他們都遭遇了不少稀奇古怪的事，在武藝精進的同時，逐步成為值得人家崇拜的大俠，那樣的故事好看，也容易吸引讀者。可是寫《鹿鼎記》的時候，金庸把這個也拿掉了，那就等於胡迪尼又給自己多綁了一道繩子。

韋小寶一開始出場時是個小孩，從此基本上只有年歲增加，作為一個無賴的個性部分，是沒有變化、沒有進展的。韋小寶沒有汲取到（或者說他沒有意願）成為一位大俠最基本的素質、成分；他學習到（或者說他有興趣）的是另一種生存本事，就是如何在各種勢力之間左右逢源、在隨時可能殺頭的危機下明哲保身。

最奇特的是，韋小寶一直維持著低劣的功夫，也懶懶不想學功夫。武功只是他的幌子，他的武功只有兩種功能，一個是逃命（還好有九難教他「神行百變」），一個是拿來騙女孩子。

照理講，一個不會武功的人，在武俠小說裡只能夠被分配到無足輕重的角色。但是金庸不但讓不會武功的韋小寶在《鹿鼎記》裡當主角，而且他這個主角的分量讓讀者完全無法懷疑。

金庸其實挑戰的是武俠小說的首要元素——不能沒有武功。

《鹿鼎記》裡當然有很多武學高手：韋小寶的第一個師父陳近南不但武功高強，他領導的天地會裡每一個人都身懷絕技；甚至連住在皇宮裡的老太監海大富和皇太后（假冒的）都武功一流；更不用說韋小寶的第二個師父白衣尼九難、神龍教教主洪安通，還有他的少林寺師兄師姪們……

可是很抱歉，這些武學高手的設定基本上和主角無關，但所有這些人物又都必須圍繞著韋小寶，才能夠發展各自的敘事。此外，《鹿鼎記》裡發生的諸多大事件，主導、完成這些大事的關鍵因素，也不是靠武功。

用這種方式分析，你就知道《鹿鼎記》有多難寫。讓那些會打的人去打，會耍計謀的人去搞計謀，只是剛好那些人打打殺殺的時候、費盡心計的時候，韋小寶都不小心在場，就看到了，還被迫參與其中。

這讓我聯想到福爾摩斯小說裡的華生醫生。華生醫生就是這樣，他通常沒什麼用，通常給的建議都是錯的，可他一直都在。他的用途就是讓福爾摩斯對他說「華生，不是這樣的」，或是「不要急，你的猜想是錯的」。華生是一個錯誤示範，他一直跟著福爾摩斯，可是我們不會將華生誤以為是主角。在讀小說的時候，雖然知道這是華生的記錄，可是讀者認同的、緊張的、跟隨著的都是福爾摩斯。

金庸沒有寫成這樣，他不只是讓小說中最重要的成就都不是靠武功達致，而且都要和韋小寶有關。韋小寶經歷了一件又一件的大事，因為他在，使得事情有所轉變；但是反過來，韋小寶自己卻沒有被這些事情改變，他一直維持著原來的樣子。

武俠小說另一個重要的元素，就是善惡的壁壘，因此往往被寫成了道德的天路歷程：善與惡不斷地鬥爭，有時候雖然惡一時蓋過了善，惡不斷折磨善，最後善一定能夠戰勝惡。可是《鹿鼎記》裡沒有這些，或者說，這種「道德的天路歷程」不能運用在《鹿鼎記》上。韋小寶從來不是一位純潔的白衣大俠，他永遠都是過度破爛，或者過度華麗，而且華麗的時候比破爛的時候要多得多。

所以這是一個什麼樣的故事？這是一個以武俠小說為外殼，實質上在寫讀者很少看到、且非常經典的「反英雄」的小說。「反英雄」是 anti-hero，並不是說小說裡沒有英雄。沒有英雄的小說很多，大部分的小說，尤其是純文學小說，裡面不會有英雄，可是那頂多是 non-hero，是「非英雄」的小說。

Anti-hero novel（反英雄小說）必須要來自英雄小說，它採用了英雄小說的外表，實際上卻是去嘲弄、或者去挑戰英雄的概念。反英雄小說是站在英雄小說的基礎上才能產生的；反英雄小說是要寫給熟讀英雄小說的人看，因而也只有徹底瞭解英雄小說的人，才有本事和條件去寫一部反英雄小說。

反英雄小說最大的作用，就是借用英雄小說的模式，但是將它扭曲、嘲諷、翻轉、顛覆，最後逼著讀者重新去想：到底什麼是英雄？我們原本以為的英雄是怎麼來的？

《鹿鼎記》是一部不折不扣的反英雄小說，而且是反英雄小說中的經典。想像金庸每天晚上坐在書桌前，竭力去挑戰這個巨大傳統的用意，我們才能進一步思考，究竟在小說裡讀到了什麼。

例如一個很簡單的問題：武俠小說的閱讀過程中，最大的樂趣是什麼？相信大多數的讀者會將「代入與認同」作為答案之一。我們喜歡這個角色，將他／她當作自己的典範；有的時候甚至覺得和他們有非常親密的關係，是代表著我們去征服極限，去解救世界。

可是讀《鹿鼎記》，讀者的趣味又在哪裡？如果你喜歡讀《鹿鼎記》，那是在樂什麼？這是必須認真問的問題。

03 語言表演與白日幻想

武俠小說的敘事核心是主角，以及裡面各種不同的角色，圍繞著他們發生了什麼事，他們又做了什麼事。比如讀者會記得《笑傲江湖》裡令狐冲遭遇了什麼，做了些什麼；提到《倚天屠龍記》，會想起倚天劍、屠龍刀，想起謝遜、張無忌，以及他們做了些什麼事……

但《鹿鼎記》的寫法，也是讀者可能從中得到的非常特殊的閱讀樂趣是——小說很大一部分的情節推進是用「說」的，而不是「做」的。

本來武俠小說裡的「說」，經常只是補充用的，比如不知道角色做這件事的理由是什麼，需要另外解釋。可是在《鹿鼎記》裡，卻是將發生了什麼事作為材料，為了讓讀者看到韋小寶到時候會怎麼「說」。「說」和「做」的重要性被翻轉了。而小說最精彩之處，往往都是韋小寶「說」了什麼之後，徹底改變了事情的走向。

《鹿鼎記》一開場，韋小寶跟著茅十八來到了北京，誤打誤撞被帶進了皇宮，展開了真正的故事主軸。這裡有一件關鍵的事，就是韋小寶殺了太監小桂子，又不小心將海大富的眼睛給毒瞎了。為什麼要這麼設定？因為海大富從此看不見他，就只能聽韋小寶胡說。

韋小寶假裝自己是小桂子，海大富便佯裝不知，也在利用他，叫他去跟打掃上書房的小太監賭錢，回來再告訴海大富發生了什麼事。

韋小寶無意中又撞見了康熙皇帝，跟他成了打架的好朋友，他對康熙也是滿口胡言。海大富本意就是要這個冒牌的小桂子（比真的小桂子機靈得多）接近皇帝，好探查他想知道的事。當然，他也只能夠依賴韋小寶每日「說」給他聽的情況。

基本上，小說裡只要有事發生，就一定會有相應的韋小寶的說法，而且韋小寶的說法比真實發生了什麼事，都要來得重要。有些事如果照著真實的狀況被揭露出來，這部小說就寫不下去了。

所有的事件轉折都是依賴韋小寶的話術，這就帶來了讀者在讀《鹿鼎記》時特別的樂趣——我們其實是在讀被韋小寶的語言所帶動的特殊表演。這在古今中外的小說中，不敢說絕後，但絕對是空前的。

韋小寶的語言表演大致分成幾個方向：第一是看他怎麼罵人，怎麼發洩；第二是看他如何說謊；前兩點又牽涉到第三點，那就是看他如何運用說話的技巧，來控制其他人的情緒。

韋小寶示範給我們看他最大的本事，就是如何在一次又一次極端不利的情況下藉說話逃出生天（talk it through、talk it out）。

越是困難的處境，就越是彰顯了韋小寶更沒有別的本事。他沒有武功，金庸就安排了兩樣東西給他，讓他隨時可以自救，就是從鰲拜家中抄出的一件寶衣、一把匕首。

當然，有的時候這刀槍不入的寶衣和削鐵如泥的匕首，也會寫到不太合理的地步。他的寶衣不只是刀槍不入，就連如海老公、洪安通的神功「啪」的一掌打在他身上，他吐了一口血後又爬了起來。這就像卡通頑皮豹，被整得壓扁了，還是一下子就回復正常。

在這方面，韋小寶有一定的卡通性。但關鍵的重點是，金庸有時也會設計對韋小寶不利到就連寶衣和匕首都救不了他的程度，比如面對假太后，這個時候要如何脫困？就只能靠「說」的。

他怎麼說、說什麼，很大一部分是依照當時究竟是誰在聽他說話，是要高一點的姿態、低一點的姿態、圓滑一點的姿態、正氣凜然的姿態，要有什麼樣的表情、什麼樣的反應，真話佔幾成、假話佔幾成，決定了他如何將話說得讓人相信。他雖然滿口謊言，但是一路都有人相信他。他的謊話一再地接受各方人馬的各式考驗，在不同的困境下幫助他找到脫困、解圍的方法。

在這部小說中，韋小寶的語言表演，比任何武功的打鬥、武俠的成就都要來得重要，讀小說的許多樂趣都是從這裡來的。這又產生了另外一個在閱讀上不得不思考的問題：在《鹿鼎記》中，為什麼韋小寶的一張嘴比任何武功還要厲害，甚至比所有人的武功加起來都還要厲害？

次等人物以下就不要講了，像是天地會的陳近南，明朝落難公主九難師太，神龍教洪教主、洪夫人，哪一個不是武功頂尖的人物？這些武功頂尖的人，哪一個沒有被韋小寶騙得團團轉？更進一步地評估，在小說裡，所有這些人有哪一個做的事情比他更多？又有哪一個的成就比他更高？

這是江湖、「武」的這一面，還有另外一面，是看金庸在《鹿鼎記》裡如何描寫康熙皇帝。

康熙可以說是《鹿鼎記》「文」的世界裡最聰明的一個人，可是相對的，遇到了韋小寶，平時那樣睿智、精明的人——八歲的時候見到鰲拜，立刻察覺鰲拜有問題；十四歲的時候親政，朝中大臣都已對他感到敬畏——如果仔細看，就會發現他是小說裡一個矛盾的角色。

面對其他的人，康熙是最聰明的，但是面對韋小寶，康熙又是最笨的，連懷疑都沒懷疑過。他派韋小寶去做無法交託給其他臣子的機密任務，比如擒拿鰲拜、到五台山保護順治，他喜歡聽韋小寶粗魯說話，對他的得力辦事讚譽有加，不斷地給他升官，讓他擁有更大的權力去做更多左右逢源的事。

康熙經常羨慕韋小寶，聽他述說冒險過程，然後得到一種空虛的滿足：

康熙學了武功之後，躍躍欲試，一直想幹幾件危險之事，但身為皇帝，畢竟不便涉險，派韋小寶去幹，就拿他當作自己替身，就算這件事由侍衛去辦可能更好，他也寧可差韋小寶去。他想小桂子年紀和我相若，武功不及我，聰明不及我，他辦得成，我自然也辦得成，差他去辦，和自己親手去幹，也已差不了多少，雖然不能親歷其境，但也可想像得之。

整部小說那些具有成就的人，不管在謀略才智上，還是武功能力上，沒有一個人能夠比得上韋小寶的一張嘴。這就將閱讀的樂趣移轉了。

回到上一篇最後的問題：讀者到底在樂什麼？是因為我們認同韋小寶的作風

與成就嗎？靠著將所有的事情說得天花亂墜，就可以達到很高的成就嗎？還是說，有人讀韋小寶這個人，完全感覺不到認同的樂趣，卻可以持續讀下去，這不也很奇怪嗎？如果不認同韋小寶、不喜歡韋小寶，怎麼能夠讀得下去呢？

誠實地說，我在讀金庸小說的時候，偶爾也會遇到讀了不是那麼舒服的段落。舉個例子，《鹿鼎記》裡有一段我不太喜歡，第一次讀過後，後來每一次重看，如果不需要很認真讀的話，我就會跳過去。那是阿珂那一段。

我覺得金庸犯規了。他明明將韋小寶寫成了這麼皮、這麼油，又這麼使壞的一個人，要怎麼讓讀者去感受：因為突然之間遇到了阿珂，韋小寶竟然變得如此癡情？所以這一段我一直不太喜歡。

但為了分析金庸為什麼這樣寫，這時候不得不讀，也確實有了不同的領會。現在我會將阿珂這一段和她的生母陳圓圓連結在一起。為什麼要寫阿珂這一段？金庸想要藉由韋小寶的言行來說明、示範，歷史上記載的陳圓圓為何有這麼大的魅力，不但吳三桂迷戀她，李自成迷戀她，甚至江湖成名人物「百勝刀王」胡逸之只因見了陳圓圓一面，從此甘為奴僕，在她身旁做園丁、伙夫二十幾年。

金庸用韋小寶遇到阿珂一事，再次告訴讀者，我們不能理解這樣的魅力，那是因為我們沒有看過真正的美色。那樣的美色會讓你完全無法抗拒，是超越善惡的。

當陳圓圓美到那種地步，她做什麼你都拿她沒辦法，就連韋小寶遇到了阿珂，如此無賴憊懶的人，對阿珂也一點辦法都沒有。

回頭再問，我們讀《鹿鼎記》，認同的對象究竟是什麼？閱讀的樂趣到底從哪裡來？讓我試著這樣假定：

我們並不是認同韋小寶的行為，他不具備大俠風範，也不可能認同他從妓院出身的那套價值觀。那我們還能認同什麼？那是背後更深刻的一種情境：一個手無寸鐵、真正處於絕對劣勢的弱者（underdog），他如何一路通關（put it through），在條件最惡劣的情況下，一而再、再而三地化解危難。

雖然有一部分來自運氣，但更大的部分是靠他的機智。讀者在讀韋小寶這些經歷的時候，一部分的樂趣很有可能就來自我們的想像——或許我也會碰上如此過癮的事。

比如你被老闆叫到辦公室，責問說：三天了，這個貨早該到了，為什麼沒有到？你把時間花到哪裡了？你忘了這件事嗎？然後設想一下，你眼睛一轉，講出一番說詞來。講到後來，本來怒氣沖沖的老闆流下眼淚抱著你說：這家公司幸好有你，有你在多幸運……

其實我們心裡多多少少都閃過這種白日幻想（everyday drama）吧。我們認同的是，韋小寶其實有著跟我們類似的一種特質。

比如在少林寺裡，韋小寶和澄觀和尚之間的對比。澄觀永遠想的是：練個十年可以練好一項武功，練完了再練下一個，這樣三十年就可以練到哪一項。這像是我們慣常思考的方式嗎？難道遇到了問題，可以一天到晚回頭想：如果三十年前我就開始這樣做，如果十年前我不要把時間花在這裡的話……。不可能的，這樣太空泛了。

一般人比較可能的想法不就是韋小寶式的嗎？可不可以現在、當下，讓我一天之內就可以逆轉這個局面？當人們處於這種不利的狀態下，我們會有幻想。幻想是切身的，那就是我身上突然多了一項本事，讓我在這樣劣勢的情況下不用害怕、不用緊張，可以戰勝所有一切困難。

04 油滑與天真並存

我們認同韋小寶，是認同他作為一個無能的底層小人物，但是他有這樣奇特的本事，以及這樣「幸運」的遭遇。不過也不完全是幸運，有一些情況是個人可以控制的，或是韋小寶自己創造出來的。

這一部分至少說明了，我們和《鹿鼎記》之間的閱讀關係。

再換另一個角度看，我們更要佩服金庸，因為還有一部分的閱讀樂趣是金庸特別設計的。雖然韋小寶是這樣一個猥瑣、愛錢、好賭，身上擠滿了各種缺點的人，然而金庸知道，要讓讀者能夠讀下去，韋小寶身上還是要有一些特質，能夠在特殊的情況下，依舊呼應了原來武俠小說的根本價值。

韋小寶身上有這麼多的缺點，可是從一開始遇到了茅十八，他就非救茅十八不可。這是他所有的缺點裡最根本的缺點，一次又一次將他帶到幾乎沒有路可以走的困境當中，逼著他只能夠用無賴暗算、語言表演來想辦法脫困——那叫做自不量力。

可是他的自不量力常常不是為了自己，而是為了一種非常素樸、天真到很傻的義氣。他心裡有很多的算計，可是他的算計會在關鍵的情況下突然之間通通消失了，以至於把他自己丟進一個最糟糕的環境下。金庸將韋小寶這樣一個有很多缺點的人作為主角，完成了這麼多的事，而在這個過程中，讀者不會感覺到被他得罪了。

一方面，是因為韋小寶夠聰明。看他騙人，我們私下會一直偷偷地點頭，最後被他說服了，韋小寶憑藉著各種說謊技巧（可以出一本話術大全了），真的就騙過了所有的人。於是讀者隨著韋小寶，得到了一種勝利、過癮的感覺。

另一方面，韋小寶身上有一種天真，從來沒有消失，而且會在特殊的時候跑出來。

例如他很愛錢，愛得不得了，衣袋裡動不動就帶著幾十萬兩的銀票；同時他又慷慨得不得了，隨時錢一撒，借此買到自己脫身的機會。如果不認真追究，讀者可能不會發現，韋小寶並不像我們以為的那樣單純。

韋小寶有著兩面，一面是違背、挑釁了我們的基本道德觀念，作為一個讀者會和這樣的角色有距離，有時甚至會讓讀者討厭。如此一來，主角變成了反面人物，武俠迷也會看不下去，所以必須有另外一面，帶出韋小寶可愛的性格，讓讀者們安心，覺得不需要將他看作壞人——他不壞，或者說他沒有那麼壞。

這兩面必須結合在一起，也正因為金庸將這兩面結合得太好了，以至於一路讀下去，我們往往忘記了韋小寶其實有這樣的兩面。接下來的問題就是，金庸是怎麼寫的？

首先是出身。金庸讓韋小寶生於妓院，這個背景對韋小寶的個性有著充分的解釋力。另外，這種環境也養成了韋小寶好賭的特性，而韋小寶的好賭，更是將他身上的光明與黑暗結合在一起的一個最重要技法。

韋小寶好勝，所以賭博的時候會作弊，這讓我們看到他壞的這一面。可是另一方面，正因為他賭性堅強，以至於常常將遭遇的這一切都視為賭局。既然是賭局，就有不可控制的一面，所以韋小寶經常是豁出去賭的。

例如第二十六回，韋小寶和負傷的九難、阿珂被桑結喇嘛一行人追殺，他其實沒有任何贏的機會，可是他就想賭一下。賭什麼呢？韋小寶謊稱自己練成了「金頂門」的護頭神功，要對方在他頭頂砍一刀，而他就是要賭桑結他們不會把刀砍到他腦袋上。只要不砍他腦袋，他身上穿著寶衣自然沒事，還能產生嚇阻的作用而趁機反擊；反之，他不只腦袋沒了，命也就沒了。

即使面對生死關頭，韋小寶仍然有這樣的賭性。當有辦法的時候，他就拚命作弊；可是真的到沒辦法了，他也會有一種豁達：算了，就賭吧，願賭服輸。

從中產生了韋小寶的迷人之處，那是讓讀者不太容易討厭他的兩種特質。一種特質是，韋小寶在看待事情的時候永遠抱有一種樂觀：只要能夠賭，不管機率是多少，賭贏的機會總是有的。所以即使狀況再怎麼糟糕，韋小寶從來不曾絕望。

另外一種特質，就是韋小寶有他不算計的那一面。到了一定的程度，就將身家押上去，看看會發生什麼事。這是一種瀟灑、一種豁達。雖然這兩個形容詞感覺似乎跟韋小寶搭不上，但是金庸的確是這樣寫韋小寶的個性的。而且韋小寶的這種豁達、瀟灑，很多時候也不是為了自己，只是到了某個狀況，別無其他方法可想時，那就算了，賭上去吧。

在韋小寶如此無賴、憊懶的個性背後，金庸其實給他暗藏了一根骨幹，那就是「知其不可而為之」。在這方面，韋小寶其實延續著與令狐冲類似的個性，有的時候傻乎乎的，一部分出自無知，一部分出自衝動。當他展現這樣的瀟灑、豁達，我們就會認同他，雖然過一陣子他又開始說謊、演戲。

但是有的時候他說謊、演戲，是因為真正不得已，因為他像令狐冲一樣，為了義氣而把自己弄到極端狼狽的狀況下，我們就能夠原諒他、同情他，進而認同他。就算後來他又做了些什麼壞事，我們冷眼地看著他還能夠搞出什麼，可是又不會把注意力挪開，而是會一直關心他。擔心他接下來會遭遇什麼，以及他又如何在完全沒有武功的情況下，從下一個困境中脫逃出來。

這就是金庸的功力。

05 純熟的小說技藝示範

《鹿鼎記》有一個清楚的結構，是完全按照清史中的歷史事件建構起來的。

從康熙帝親政開始，接著殺鰲拜；然後穿插一段跟順治帝有關，同時也是清初的重要疑案——那時有傳言說順治其實並沒有死，而是上了五台山，因為傷心董鄂妃之死而退位當了和尚。金庸就將這樁疑案寫了進去。接著是兩個對清廷造成極大威脅的勢力，其中天地會的運作與臺灣明鄭相關，以及吳三桂準備發起的三藩之亂，平行變化發展中。接下來牽涉到了俄羅斯，康熙朝要和歐洲國家的政府開始打交道，那是一六四八年歐洲《西發里亞和約》（Peace of Westphalia）所制定的新國際秩序，而中國和新國際秩序中的東歐大國俄羅斯簽訂了第一份正式的外交和約《尼布楚條約》。

《鹿鼎記》基本上按照這個結構展開。不過在大結構之外，可以再稍微細膩一點去探討《鹿鼎記》的節奏。

這部小說的節奏十分巧妙，這當然不是金庸到這個時候才學會的，只不過之前的作品從未達到《鹿鼎記》這樣的程度。

從小說技法上來看，節奏有兩種，一種是鬆緊，一種是快慢。

如果有人試著向其他人轉述《鹿鼎記》的情節，很可能他的經驗會是，說著說著，就覺得這情節的變化簡直太荒唐了。可是倒過來，在讀《鹿鼎記》的時候卻不會有這種荒唐感。這是因為金庸佈局的節奏感。一旦遇到了較突兀的變化，金庸就用慢的節奏來寫，讓讀者有足夠的時間去接受這件事情；慢的節奏寫多了，讀者就會失去對整件事的整體感受，這個時候金庸就會加快節奏。這是快慢的差別。

還有鬆緊的變化。和後面情節的變化有關的部分，金庸會寫得很緊，讓事件不斷地發生；等到讀者看得眼花繚亂，金庸就又放鬆下來，安排一些沒什麼大不了的事。即使沒什麼大不了，金庸卻能在裡面填入一些好玩的「跑野馬」內容。這是金庸另外的本事。

在金庸所有的作品中，沒有任何一部小說能像《鹿鼎記》這樣，經得起用這種方式做節奏上的解釋與分析。

例如小說開篇，先是讓三位明末清初最重要的文人呂留良、黃梨洲、顧亭林上場，接著寫明史案、文字獄。除了有人物對話外，我們甚至不覺得金庸在寫歷史小說，更不用說和武俠小說有什麼關係了，看起來就是在講一個真實的歷史事件。

當讀者帶著這樣一種疑惑的心情進入小說第二回，金庸就開始讓讀者安心，武俠小說的寫法回來了。

揚州麗春院闖入了一群鹽梟，要找天地會的人來尋仇鬧事，然後就出現了茅十八為天地會出頭。茅十八先在麗春院和鹽梟打了一架，原來他到麗春院之前就因為逃獄而受傷了。即使如此，他還要去跟人家決鬥，跑到了城西的得勝山去赴生死之約。

這些都是傳統武俠小說的寫法，一直不斷地有事件，而且事件跟打鬥、決鬥有關。不過和傳統的武俠小說寫法有個不一樣的地方，那就是多了個小孩。這個平日混在麗春院裡的十二、三歲小孩，不但將茅十八帶了出來，還一路跟在茅十八旁邊，甚至就是靠著他那種市井無賴的、不入流的撒石灰手法，殺了鷹犬高手，救下了茅十八。

這部分就是用快節奏來寫的。可是寫到這裡，金庸又慢了下來，故事要從揚州拉到北京。這一段寫得又鬆又慢，先是放了一段小插曲，讓他們在客店碰到了雲南沐王府姓白的人，替大罵吳三桂而和官兵起衝突的茅十八解圍。接著上路的茅十八和韋小寶兩人就大聊起來：

韋小寶問道：「他在你耳朵邊說了句甚麼話？」茅十八道：「他說：『在下是雲南沐王府的，姓白。』」韋小寶道：「嗯，姓白，原來是個吃白食的。」……

茅十八斥責韋小寶不是武林中人，竟不識沐王府，再講到韋小寶撒石灰的下三濫行徑，便跟他約法三章，話題又繞回來：

茅十八道：「姓白管姓白，怎麼姓白的就吃白食？他們姓白的，在雲南沐王府中可大大的了不起哪。劉、白、方、蘇，是雲南沐王府的四大家將。」韋小寶道：「甚麼三大家將、四大家將？沐王府又是甚麼鬼東西？」茅十八道：「你口裏乾淨些成不成？江湖之上，提起沐王府，無不佩服得五體投地，甚麼鬼不鬼的？」……

茅十八道：「當年明太祖起兵反元，沐王爺沐英有大功，平服雲南，太祖封他沐家永鎮雲南，死後封為甚麼王，子孫代代，世襲甚麼國公。」韋小寶一拍馬鞍，大聲道：「原來雲南沐王府甚麼的，是沐英沐王爺家裏。你老說雲南沐王府，說得不清不楚，要是早說沐英沐王爺，我哪還有不知道的？沐王爺早死了幾千年啦，你也不用這麼害怕。」

茅十八道：「甚麼幾千年？胡說八道。……」韋小寶道：「啊，這位沐天波老爺，原來就是『英烈傳』中沐英的子孫。沐王爺勇不可當，是太祖皇帝的愛將，這個我知道得不想再知道啦。」

韋小寶為什麼知道？因為他聽說書人講過。接下來的對照很好玩，金庸說：

> 茅十八是草莽豪傑，於明朝開國的史實一竅不通，徐達、常遇春的名字當然聽見過，卻不知他們是甚麼六王，也不知此外還有四個甚麼王。韋小寶卻在揚州茶坊之中將這部「英烈傳」聽得滾瓜爛熟。其時明亡未久，人心思舊，卻又不敢公然談論反清復明之事，茶坊中說書先生講述各朝故事，聽客最愛聽的便是這部敷演明朝開國、驅逐韃子的「英烈傳」。

韋小寶既然熟，就開始模仿說書先生，講起沐王爺沐英如何助明太祖打天下。幹嘛講沐英的故事給茅十八聽？一方面也是讓讀者知道沐王府的來歷。可是韋小寶足足講了小說八頁篇幅之多，遠超過單純交代沐王府背景的功能，讀者看了卻不會膩，這是鬆有鬆的樂趣。

比如說，他講一支箭連穿十名將軍：

他（韋小寶）繼續說道：「沐王爺眼見得達里麻張開血盆大口，又要大叫，於是彎弓搭箭，颼的一箭，便向達里麻口中射去。沐王爺的箭法百步穿楊，千步穿口，這一箭呼呼風響，橫過了江面，直向達里麻的大嘴射到。那達里麻也是個英雄好漢，眼見這箭來得勢道好凶，急忙低頭，避了開去。只聽得後軍齊聲吶喊：『不好了！』達里麻回頭一看，……這一箭連穿十名將軍，從第一名將軍胸口射進，背後出來，又射入了第二名將軍胸口，一共穿了十人。」……

故事講到這裡，韋小寶還要再加這一段：

韋小寶道：「也算達里麻命不該絕，第一箭射中他的左眼，仰後便倒，第二箭、第三箭又接連射死了韃子八名大將。韃子身上多毛，明軍叫他們毛兵毛將。沐王爺連射三箭，射死了一十八員毛將，這叫做『沐王爺隔江大戰，三箭射死毛十八！』」

茅十八一怔，道：「甚麼？」韋小寶道：「沐王爺隔江射死毛十八！」說到這裏，忍不住格格格笑了出來。茅十八這才明白，他果然是繞著彎兒在罵自己……

這就是鬆的寫法，沒有發生任何事情，可是我們讀著覺得好有趣。韋小寶竟然能夠拐彎抹角地自己加入這一段故事，來開茅十八的玩笑。

還沒完，韋小寶又講了一些沐王爺過江的故事，然後說：

韋小寶道：「……這一仗韃子兵大敗，溺死在江中的不計其數。江中的王八吃了不少長毛韃子的屍首，從此身上有毛，這種王八叫做毛王八，那是別處沒有的。」

茅十八覺得韋小寶又在罵自己了，哼了一聲，卻也不敢確定，或許雲南江中真有毛王八亦未可知。

這就是鬆，鬆就帶來了另外一種樂趣。

兩人到了北京城，剛在一家小酒店落腳，就被海老公抓到了皇宮裡，敘事節奏立刻開始變快。海老公審完茅十八，要他自廢雙手一眼，情況緊張得不得了，誰知韋小寶趁著海老公和小桂子沒留意，逮到了機會，挑了過量的藥粉將海公公給弄瞎，又把小桂子給殺了。自此他就只好開始冒充小桂子。

劇情的轉折非常快，留在皇宮裡的韋小寶遇見了康熙皇帝。康熙剛上場的時候，對韋小寶自稱小玄子。至此，前頭的快節奏、多事件剛過，金庸又要鬆一下，讓讀者休息一會兒。

金庸順理成章地用到他對韋小寶的角色設定，揚州妓院出生的他，從小就會跟人家擲骰子賭錢。海老公叫他練習擲骰子，韋小寶還得假裝擲不好。金庸甚至還補了一段知識，骰子有灌鉛的，有灌水銀的，這兩種有不同的作弊手法。海老公讓韋小寶去跟宮裡其他的太監擲骰子賭錢，尤其要贏了溫家兄弟，換得偷偷入上書房的機會。這是鬆的部分。

對宮規一竅不通的韋小寶為了偷吃點心，遇到了小玄子，又跟小玄子打了起來。這一段金庸仍然很有耐心，慢慢地寫。兩個人約好隔天再打，然後各自回去找師父。

不過節奏雖然慢，卻有它的緊張感，因為有好幾條線的懸念一直拉住我們。

第一條線是海老公和韋小寶之間的關係。海老公教韋小寶武功，讓他去跟皇帝打架，可是這個過程中，讀者隱隱約約感覺到，海老公雖然瞎了，不應該那麼好騙，他不可能不知道韋小寶不是小桂子吧？

第二條線是小玄子的師父與海老公的目的。皇帝怎麼會在皇宮裡練武功？誰教他的？海老公又為什麼願意教韋小寶武功，去跟小玄子鬥，還想盡辦法要套出小玄子師父的武功來歷？

接下來關鍵的一場戲，韋小寶終於進到上書房，本來是要偷書的——海大富讓他賭錢贏錢再借別人錢，為的就是要去偷上書房裡的《四十二章經》。《四十二章經》在這部小說裡當然非常關鍵，然而，趣味就來了。

讓韋小寶去偷書，無疑是瞎子摸象。他假裝小桂子的身分，所以不敢說他不識字。幸好《四十二章經》五個字裡有三個字「四十二」他是認得的，要不然就一定穿幫了。

於是他就想，我到上書房一看到《四十二章經》，把它拿出來就好了。沒想到一去，完了，書房裡全都是書，從何找起？他總共就只認得「四十二」這幾個字，要在這麼多書裡把「四十二」找到，太困難了。

就在這時候，金庸的筆法又從鬆到緊，從慢再轉快——韋小寶發現了跟他打架的小玄子原來就是皇帝。康熙回到上書房，接著鰲拜也進來稟報，卻被康熙戳破他陷害蘇克薩哈的私心，就要上前跟康熙理論。誤打誤撞下，韋小寶必須現身，擋在康熙與鰲拜中間。於是敘事又變快了，康熙想要對付囂張已久的鰲拜，就聯合韋小寶，找了些小太監假裝練摔跤，趁機擒住了鰲拜。

這一大段都是快節奏，一直有驚險的事件發生，直到韋小寶到康親王府的監牢殺了鰲拜。中間有一個小插曲，將這個快的節奏稍微緩和一下，那就是鰲拜被抓之後，皇帝命索額圖和韋小寶去抄鰲拜的家。

抄家的過程，敘述又變鬆了。這段情節表面上看起來，與正在快速進行中的事件是無關的、是插寫的，其實卻是一大伏筆：韋小寶在鰲拜家中得到了寶衣和匕首，憑著這兩件神器，後來才能夠多次大難不死。

此外，這裡很重要的作用是，表明了金庸對官場、對政治的觀察，呈現了《鹿鼎記》歷史小說的這一面。

在這裡，索額圖的每一個想法都是做官的思維。他首先想：皇帝為什麼要派這個人跟我一起去抄家？目的何在？他想到的答案是：這個人是來監視我的。這是官場上必須要有的警覺。表面上皇帝叫他來幫你，不可能真的這麼單純，一定是要來監督你的。

還有，這個人有功於皇帝，所以我該怎麼對付他呢？不能夠打壓他，因為不知道他跟皇帝之間的關係到底有多親近。怎麼辦呢？那就收買他、賄賂他。怎麼收買？這是有手法的。

這個手法就是「有錢一起貪」。把抄家清單上的二百多萬兩，其中的一百萬兩給抹下來，報上去的只剩下一百多萬兩。這拿走的一百萬兩，二一添作五，你一半我一半，於是韋小寶突然之間就分到五十萬兩的橫財。

這樣還不夠，還要再細膩一點：

> 索額圖……哈哈大笑，道：「……這樣罷，這裏所有辦事的人，大家都得些好處，做哥哥的五十萬兩銀子之中，拿五萬兩出來，給底下人大家分分。兄弟也拿五萬兩出來，宮裏的妃子、管事太監他們面上，每個人都有點甜頭。這樣一來，就誰也沒閒話說了。」

這是見者有份，免得人家去告密。金庸對中國官場可說是觀察入微。

前面是政治面的快節奏，然後又轉回武俠面的快節奏。之前鋪陳的懸念有了答案，原來海大富早就知道韋小寶不是小桂子，他利用完韋小寶就要收拾他，而且早就在韋小寶的飲食裡偷偷下毒。

接著在慈寧宮的花園，發生了驚天動地的夜間戲。原來海大富是順治皇帝身邊的人，他奉了順治的密令，回到紫禁城，為了查明董鄂妃的真正死因。海大富查知孝康皇后、董鄂妃、貞妃和榮親王四人都是死於蛇島的「化骨綿掌」，而兇手正是小玄子的師父、當今的皇太后。這是不得了的大事，但它還需要一個牽連，韋小寶必須在場。

韋小寶怎麼會跑到慈寧宮呢？於是又牽出另外一條線，金庸寫了這部小說中韋小寶遇到的第一個女孩子，那是宮女蕊初。韋小寶得太后賞賜蜜餞果子，叫蕊初帶他去取，他就多拿了些想要給蕊初吃，才和她約在慈寧宮的花園，因而撞見了海大富和皇太后的對決。

兩人鬥到後來以內力相拚，看起來很重要的角色海大富竟然死了，連帶又產生了一大疑惑：怎麼會有武功這麼高的太后？但金庸不急著揭曉，而是一步一步吊著讀者胃口，慢慢地發現，太后不但武功高強，而且她也在找《四十二章經》，宮裡還有她的師兄、師妹——原來這人是神龍教的人，是假太后。

光是安排假太后這一條線，金庸拖了多長？從第六回到第二十五回，這樣一路變化，期間韋小寶又誤打誤撞地成了神龍教的白龍使，搖身一變成為太后的頂頭上司，形勢立刻翻轉，讓讀者看得大呼過癮。

以上只是開頭的前幾回，金庸書寫的節奏變化就已經如此有鬆有緊、有快有慢，而且彼此交互作用。這樣的敘事節奏，一方面讓讀者更容易進入到故事的情節和情緒中，一方面說服我們、勾引我們、誘惑我們接受很多難以相信的劇情。在這部小說裡，金庸創造了閱讀的巨大樂趣，同時示範了一位小說家在小說技法上可以何等純熟。

06 《鹿鼎》與《書劍》的同與不同

金庸的小說創作歷程很奇特：有明確的開端，也有明確的結尾。絕大部分的作者不是這樣的。大部分的作者，開頭往往要經過很多的模仿、練習、被退稿，然後一點一點地突破，才開始有了像樣的作品。對這樣的作者，很難指明他寫作的開端在哪裡。金庸不是，他的創作開端非常明確就是《書劍恩仇錄》，一起筆就是非常成熟的連載武俠作品。

此外，絕大部分的作家寫著寫著，創造力會慢慢衰退，越寫越沒辦法突破，可能偶爾靈光一現，又回到原來的狀態。這樣的寫作生涯是拖長的，甚至有的人去世之後還有遺稿發表，所以也很難說究竟什麼時候是他的創作終點。金庸在這方面也很特別，他有一個非常明確的封筆收尾，就是《鹿鼎記》。

《鹿鼎記》不只是金庸的最後一部武俠小說，更特別的是，在寫《鹿鼎記》的時候，金庸大概就已經意識到，這是他的最後一部作品。金庸創作生涯的開頭雖然有點無心插柳，結尾卻是自己的選擇與決定。他選擇封筆，不可能是意外之舉。

如何開始，便如何結束。

作為金庸小說起點的《書劍恩仇錄》，寫的是陳家洛、乾隆皇帝與紅花會之間的故事。小說中最重要的懸念就是乾隆的真實身分。根據傳說，在血緣上他是一個漢人，於是陳家洛和紅花會想了各種方法，試圖要策反乾隆，讓他變成漢人皇帝，藉此將韃子趕出去。

到了金庸的最後一部小說，似乎重新回到這個設定上，只是《鹿鼎記》中的皇帝換成了康熙，紅花會換成了天地會，主角韋小寶和康熙變成了拜把子的兄弟。

金庸的史學根基深厚，紅花會和天地會其實是一回事。這中間有一個明確的連繫。《鹿鼎記》第八回中，寫陳近南收了韋小寶當徒弟，同時告訴他天地會的聯絡暗號：

陳近南拉了韋小寶的手，回到廂房之中，說道：「北京天橋有一個賣膏藥的老頭兒，姓徐。別人賣膏藥的旗子上，膏藥都是黑色的，這徐老兒的膏藥卻是一半紅，一半青。你有要事跟我聯絡，到天橋去找徐老兒便是。你問他：『有沒有清惡毒、使盲眼復明的清毒復明膏藥？』他說：『有是有，價錢太貴，要三兩黃金、三兩白銀。』你說：『五兩黃金、五兩白銀貴不貴？』他便知道你是誰了。」

韋小寶大感有趣，笑道：「人家貨價三兩，你卻還價五兩，天下那有這樣的事？」

陳近南微笑道：「這是唯恐誤打誤撞，真有人向他去買『清毒復明膏藥』。他一聽你還價黃金五兩、白銀五兩，便問：『為甚麼價錢這樣貴？』你說：『不貴，不貴，只要當真復得了明，便給你做牛做馬，也是不貴。』他便說：『地振高岡，一派溪山千古秀。』你說：『門朝大海，三河合水萬年流。』他又問：『紅花亭畔那一堂？』你說：『青木堂。』他問：『堂上燒幾炷香？』你說：『五炷香！』燒五炷香的便是香主。他是本會青木堂的兄弟，屬你該管。你有甚麼事，可以交他辦。」

關鍵就在這一句「紅花亭畔那一堂」，這裡特別將「紅花」標誌出來。「紅花」一詞早就有了，那是來自明朝開國洪武皇帝的「洪（紅）」字，留在了天地會裡，作為興復明朝的象徵。

《書劍恩仇錄》寫紅花會和乾隆之間的關係，《鹿鼎記》寫天地會和康熙之間的關係，可以說有頭有尾。這一頭一尾其實只隔了十五年的時間，我們卻能清楚看到金庸思想上的變化。

在《書劍恩仇錄》裡，一邊是乾隆皇帝，一邊是紅花會，領袖是陳家洛；到了《鹿鼎記》，一邊是康熙皇帝，另一邊天地會的領袖是陳近南。不過，陳家洛是《書劍恩仇錄》的主角，陳近南卻不是《鹿鼎記》的主角，關鍵就在於金庸的寫法大幅改變了。《鹿鼎記》的主角韋小寶，是翻遍了《書劍恩仇錄》都找不到對應的一個角色。

金庸創作的小說中，有很多「不像主角的主角」，甚至可以說是「不應該當主角的主角」，後期尤甚。金庸正是靠著這樣的設定，寫出了其他人都寫不出的角色故事。

不應該當主角的主角，例如《神鵰俠侶》的楊過。對照《射鵰英雄傳》的主角郭靖，他是個苦命的孩子，但一生下來就有一種素樸的正義感，本來就是當大俠的材料。到了《神鵰俠侶》，金庸寫了一個本來並不具備大俠素質的楊過，他身上還背負著原罪，父親楊康是一個壞人。楊過上場的時候是個小乞丐，但關鍵不在於乞丐這個身分，而是他的心態、他的個性，明顯脫胎自魯迅的《阿Q正傳》。

雖然金庸讓楊過以這種方式出場，卻藉此寫了一段感人的故事，也是這部小說最迷人的地方，可以稱之為「愛情萬能論」。即使有這樣的遺傳，即使以孤兒乞丐的窘況開始他的歷險，楊過後來還是成了一代大俠。因為他和小龍女之間的愛情，「為情執著」的信念，改變了一切。

還有《連城訣》的狄雲，這是另一個不像主角的主角。他就是個鄉巴佬，土得不得了，武功也差得不得了，因為他的師父根本就沒有打算認真教他。之後，像是《基度山恩仇記》的情節，狄雲雖然遭陷害而被打入大牢，卻認識了丁典，學到了「神照經」神功，在一路受冤的過程中，解開了劍訣之謎，讓所有貪婪的人受到懲罰。

另一個非常突出的角色，是《俠客行》的石破天，他也是一個小乞丐。小乞丐肚子餓了，去搶燒餅吃，咬到了玄鐵令，便開始了傳奇的故事。石破天從頭到尾都不識字，也不通世故，沒有身為俠客應該具備的涵養。不過，他卻破解了所有武林高手都參透不了的「俠客行」神功，就在於他不識字。這是他最不像大俠的缺失條件，反而讓他的武學造詣超越了所有的大俠。

接下來，到了《天龍八部》的段譽。從某個角度來看，書獃子形象的段譽，好像跟石破天是截然相反的，但其實形成一體兩面。段譽和石破天初涉江湖，一樣都不懂武功。段譽為什麼不學武？和石破天剛好相反，因為他讀書讀得太多了。不只讀書，而且入迷；不只入迷，而且相信書中所說的道理，以至於他跟不識字的石破天一樣，都是傻小子。

這些都是「不應該」作為主角的主角，因為他們不具備可以闖蕩江湖的基本條件。也就是說，和過去的武俠小說相比，讀者立即就能夠辨識出，他們都沒有作為「俠」的性格和條件。

金庸剛開始寫武俠小說的時候，其實也依循過去的傳統，像是陳家洛，一上場就已經具備了所有身為大俠應該要有的條件。到了《碧血劍》的袁承志，身世鋪陳得就更仔細了，小說完整地交代了他如何開發自己成為俠的這種好的遺傳，因為他是遼東將軍袁崇煥的兒子，經過努力，加上特別的際遇，順理成章地成為匡扶義軍的江湖領袖。

到了寫郭靖時，金庸明顯對這樣的寫法感到煩膩了。對於這種順向的故事，金庸沒有太多耐心。於是從楊過開始，他轉而寫逆向的故事，不是 because of，而是 in spite of ——並不是因為這樣或那樣就變成了俠，而是即使這樣或那樣，竟然還是成為了俠。這是不一樣的逆向故事的說法。

《笑傲江湖》的令狐冲，也不是我們想像中的俠。身為大俠，比武的時候一般都會贏的，頂多就是贏得困難一點、驚險一點。但初時功夫不濟、後來內功全失的令狐冲，卻是一路輸，還一路受傷。這樣的人竟然能夠當主角，讓讀者們如此傾倒，正是因為金庸從楊過開始，主角的寫法都變成了「竟然」。

但金庸還不滿足，他從楊過、狄雲、石破天、段譽、令狐冲一路寫下來，寫到了最極致，最後蹦出來一個「無以復加」的韋小寶。

作為一個主角，金庸在韋小寶身上發明、堆砌了各種既不像、也不應該當主角的素質。更驚人的是，金庸不只要把這樣的韋小寶寫進江湖中當主角，還要將他寫到歷史裡去當主角。這兩者很不一樣。

為什麼說金庸「怎麼開始，就怎麼結束」？因為在作為句點的《鹿鼎記》中，金庸明確地回到了歷史小說，或者說，是用寫歷史小說的方式來寫武俠小說。

於是韋小寶這個不像主角的主角，要承擔著雙重主角的考驗：他不但要做一個在武林、江湖裡闖蕩的主角，還要做一個在重大的歷史事件中發揮重要作用的主角。這就遠遠超越了從楊過到令狐冲的角色設定和寫作挑戰。

陳家洛、袁承志雖然也是歷史情境中的主角，但是一來，他們本來就具備主角的身分和特質；二來，作為主角，他們在小說裡發揮的作用，仍然與韋小寶不一樣。

在兩部小說中，陳家洛、袁承志最後都成了悲劇式的英雄。最悲哀的地方在於，即使經過這麼多的努力，他們最終無法扭轉歷史。《鹿鼎記》裡，韋小寶在所有歷史的關鍵時刻都發揮了作用，扮演了舉足輕重的當事人。

這真的是金庸非常驚人且不可思議的筆法，也讓《鹿鼎記》成為和《書劍恩仇錄》、《碧血劍》截然不同的逆向寫法的極致。

07 「顛覆」明明白白的歷史

金庸對歷史非常感興趣，所以他從一開始就將武俠與歷史寫在一起。第一本《書劍恩仇錄》這樣寫，第二本《碧血劍》也這樣寫，然而到了《射鵰英雄傳》，他必須要改變，因為歷史小說讓他遇到了瓶頸。

《書劍恩仇錄》裡，主角陳家洛千辛萬苦地尋找身世證據，只為了拉攏乾隆。但讀著讀著，坦白說，讀者心裡已經開始感到無奈，感到不舒服，因為我們知道結果是什麼。紅花會羣雄成功綁架了皇帝，將皇帝關在六和塔裡，那又怎麼樣？乾隆並沒有變成漢人皇帝，我們明明白白知道這段歷史。

因此，這種小說寫下去只有兩種結果，兩種結果都讓人不舒服。一種結果是，如果乾隆被他們說服了，他和他的兄弟陳家洛聯手推翻了大清，成立一個漢人王朝，你會有什麼感受？大概很難接受吧。金庸也知道讀者不能接受，所以小說走向了另一種結果，那就是紅花會註定失敗，這部小說必定是個悵惘的結局。

讀《碧血劍》也是這樣。袁崇煥被崇禎下旨凌遲，死得如此悲慘，其子袁承志因此投靠了闖王，助闖軍攻入北京。可是寫到這裡就麻煩了，因為所有人都知道，大順政權必然要失敗。

可以想見，金庸寫了兩部不得不無奈結束的歷史武俠小說，他自己或許也覺得很灰心。到了《射鵰英雄傳》，他就不這樣寫小說了。

可是經過了十五年，金庸不斷累積寫作功力，所謂「藝高人膽大」，他決定回到自己起始的地方，回到《書劍恩仇錄》的設定，他要寫真實的歷史人物、真實的歷史事件。但之前沒辦法解決的問題，現在不也還在嗎？歷史的結果讀者早就知道了。

我們彷彿看見，這個重新回來的、「藝高人膽大」的金庸，帶著微笑對讀者說：你們知道又怎樣？我不在意。我不在乎你們早就知道結局，我仍然有本事寫得讓你們目瞪口呆，想要一直看下去。

這一次，金庸不僅要將虛構的韋小寶寫進歷史裡，更藉由韋小寶這個角色，挑戰一般人對歷史的概念。一般人的概念是什麼？不就是某些人在特定的時間做了些什麼事嘛！換句話說，歷史是由歷史人物和歷史事件所構成的。

將韋小寶這樣的角色寫進歷史裡，要受到多大的限制？而且金庸不只要寫歷史情境，還要寫出確切的歷史人物和歷史事件；他沒有要改寫康熙，也沒有要改寫康熙朝發生的重大事件，而是要把韋小寶寫進這幾個重大事件中。

康熙朝發生過的重大事件，又有一部分的性質和《書劍恩仇錄》裡是不一樣的。《書劍恩仇錄》所寫乾隆的漢人身分，是野史傳言。《鹿鼎記》裡也有類似的事件，例如傳言順治帝在五台山出家，所以韋小寶奉了康熙的密令去尋找並保護順治。又如董鄂妃遭謀殺的疑案，這也是野史傳聞。

但在《鹿鼎記》中，更重要的是幾件正史裡清楚記載的事件，如康熙擒拿鰲拜、鎮壓平西王、中俄簽訂尼布楚條約等。這三件大事的結果，是任何一位小說家都不能輕易改變的。

為什麼金庸這個時候不怕讀者知道歷史的結果？因為結果不重要。他現在告訴你，雖然你知道這些事件的結果，卻不知道這些事件是怎麼來的。金庸不是要改寫歷史的結果，而是要改變因果過程。這不是簡單的因，而是至關重要的因——康熙如何擒了鰲拜？因為有韋小寶；康熙如何知曉吳三桂的謀畫？因為有韋小寶；清朝如何跟俄羅斯簽訂了有利的條約？因為有韋小寶。

在歷史裡面加進一個元素，看起來簡單，其實非常困難。

舉例來說，好萊塢的科幻電影《回到未來》（Back to the Future）是一九八五年上演的，但故事的開場背景是二〇一五年，然後當時的人被送回到一九八五年。為什麼？因為三十年前如果某件事情被改變了，後面的現實就會如蝴蝶效應般不斷地放大，一切通通會變得不一樣。

如果在那個節骨眼上，這個男孩沒有看到那個女孩，那就麻煩了。他沒有愛上這女孩，接下來就不會跟這女孩結婚，原本會生下來的兒子就不見了。歷史是這樣環環相扣的，不是簡單地在過程中稍微改變一下，最後還能夠得到同樣的結果。

前面我曾用美國魔術師胡迪尼來比喻金庸寫《鹿鼎記》的狀態，他給自己戴上了歷史現實的手銬，接著又鎖上了不能改變歷史結果的鐵鍊。再來，他把自己放進一個箱子裡，那是他打算要改變歷史原因，而這個歷史原因全部扣著同一個人。這還不夠，他還要把自己丟到大水箱裡，因為他要寫的這個最關鍵的人，從任何角度來看都不像一個大人物：沒有身分，沒有武功，沒有地位，沒有知識，沒有我們認可的政治本事。

這樣一個人，將他放進歷史裡，最後還要靠著他來左右所有的歷史事件，這夠難寫的吧？都已經把箱子丟到水裡了，還沒完，我們甚至不知道這個「胡迪尼」還要給自己添加什麼樣的考驗——好吧，外面再圍一層火圈還是什麼的——他還硬要再多那麼一點點，他要挑戰、或者說要挑釁歷史學者。

這是金庸版的歷史。當讀者讀了這部小說，讀了這樣的歷史解釋，如果之後遇到了一位歷史學家，你對他說，鰲拜是韋小寶殺的，《尼布楚條約》也是韋小寶簽的……，你猜歷史學家會有什麼反應？

既然對方是歷史學家，他很可能會拿出一堆證據，告訴你史料上是怎麼寫的，清史漢文檔有些什麼材料、滿文檔又有哪些材料，誰有什麼樣的記載，誰又說了什麼，一路排開來……。這是他們的專業本事，是他們的權威。

金庸怎麼挑戰歷史學家？他在小說裡明明白白告訴你：為什麼韋小寶幹了這麼多事，史料裡卻沒有記錄他這個人。

例如擒殺鰲拜，這件事不可能記到他頭上。那個時候韋小寶只是一名小太監，使了暗算的手段好不容易拿下鰲拜，史料記載「健童悉起擒之」，韋小寶當然也算是「健童」之一；待得後來鰲拜被拘禁，他又偷偷地奉了康熙之命去暗殺鰲拜。如果被人知道了細節，這是多麼毀損名譽的事。所以，這件事情能夠被揭露嗎？而且誰控制史料？不都是皇帝嗎？史籍沒有出現韋小寶之名，毋寧是理所當然的。

至於《尼布楚條約》的史料文獻上，為什麼沒有韋小寶的名字？金庸這樣說：

> 條約上韋小寶之簽字怪不可辨，後世史書只識得索額圖和費要多羅，而考古學家如郭沫若之流僅識甲骨文字，不識尼布楚條約上所簽之「小」字，致令韋小寶大名湮沒。後世史籍皆稱簽尼布楚條約者為索額圖及費要多羅。古往今來，知世上曾有韋小寶其人者，惟「鹿鼎記」之讀者而已。

讀《鹿鼎記》有什麼樂趣？樂趣之一大概就是可以讓你去跟歷史學家抬槓用。可是要知道，為了做到這樣，這部小說有多難寫。金庸必須花多少腦筋，動用多少構想，中間有多少設計轉折，才能夠寫到這種程度。這是《鹿鼎記》了不起的地方。如此一層一層的，看似已經將寫作條件全部綁死了，但是最後，金庸將自己設定的所有限制一一掙脫開來，寫成了這樣一部小說。

08 歷史上真的沒有韋小寶嗎？

閱讀《鹿鼎記》的一大樂趣，就是看金庸如何「顛覆」明明白白的歷史，將韋小寶這樣一個人物穿插到康熙一朝的各項大事中，並且發揮了關鍵作用。如果有人質疑，為什麼這麼重要的人物沒有在史籍留下記錄，金庸也在小說裡給出難以反駁的理由。

《鹿鼎記》有多難寫呢？舉一個簡單的例子，看看小說的開場。開場的時候，韋小寶是揚州妓院裡一個十二、三歲的小孩。不要小看這個角色設定，它和後來發生的許多事情都有關係。

一個疑問是，韋小寶來自揚州，但後面所有發生的事情明明都在北京——進入了皇宮，認識了康熙，跟皇家朝政、甚至反清勢力牽扯在一起。那為什麼不把韋小寶寫在北京出生？金庸有他的道理，後面情節上他需要韋小寶是一個揚州人。

可是要讓十二、三歲的小孩從揚州跑到北京，這中間需要適當的理由和解釋。反過來想，那是不是就不要讓韋小寶是十二、三歲，他可以是十八歲？一個青年，要從揚州去北京，有很多理由可以找。

因為不是十八歲，才要有茅十八這一段，讓茅十八帶他上北京。但如果茅十八是拐騙、綁架小孩，後面的情節通通也都不一樣了。金庸必須讓韋小寶自願跟著茅十八，而且家人還不會找他。在妓院長大的韋小寶，經常在外面胡混，這是一項條件。同時，愛聽說書的韋小寶最羨慕英雄好漢，茅十八為天地會的人撐腰，又扯到了要去北京找鰲拜比武。聽到這裡，韋小寶興奮得不得了，當然想要跟去瞧瞧。

問題又來了，為什麼要將韋小寶的年紀設在十二、三歲？因為這是一個大人不太會在意他、仍將他當作小孩的年齡。如果他不是十二、三歲，怎麼能夠假冒小太監？聲音和外表很容易就暴露了。而如果他沒混進宮裡成為小太監，就不會遇到小玄子。光是一個開場，每件事都是一環扣一環的仔細設計。到後來你會發現，韋小寶非得是十二、三歲不可，不然這一段情節也寫不了。一個揚州來的小混混、假冒的小太監，完全不懂宮裡規矩，看到小玄子的服色也認不出來。他就是跑到練武房偷吃點心的，看到一個人走進來，跟他年紀差不多，很自然依照自己的想法，認為這個人也是來偷吃的。

他不認識皇帝，憑什麼能夠和皇帝結交？因為打架。皇帝從來沒有機會能好好打架，誰敢跟皇帝打架啊？可是這個時候，十四、五歲，正在學功夫的皇帝，恨不得有人可以跟他打架。必須具備這樣的前情安排，韋小寶必須具備這樣的身分，才能夠將他和康熙的關係解釋得合理。

還不只如此，這個十二、三歲的身分，在殺鰲拜時也發揮了重要的作用。要把鰲拜幹掉，有各種方法。韋小寶原來想的，就是將海老公藥箱裡的藥粉，不管有毒無毒，隨便混一些，倒在鰲拜的食物裡，應該就能毒死他。可偏偏就在這時候，天地會青木堂的人來劫獄了。

在那樣混亂的局面中，金庸是怎麼寫的？韋小寶以為這些人是來救鰲拜的，怕得不得了。這群人看到他是個太監，也不可能放過他。要怎麼逃呢？

這群人撬不開關押鰲拜牢房的鐵門，就改撬窗戶的欄杆，剜開了一個洞。韋小寶因為身材瘦小，就從大人鑽不進去的洞，「咚」的一聲鑽進去了，接著用匕首刺死了牢房裡發瘋的鰲拜。

青木堂的人在外頭目睹了，就把他抓走。小說裡的兩個陣營，終於透過韋小寶連繫了起來：一邊是和朝廷、和康熙皇帝的關係；另一邊是和天地會、和陳近南的關係。在宮裡，這麼巧，韋小寶認識了皇帝；到外面，也那麼巧，韋小寶認識了天地會總舵主陳近南。

這也是一個縝密的安排。青木堂的人為了賭一口氣，為尹香主復仇，大家一起在他靈前發誓：誰殺了鰲拜，就奉他為香主。這下糟了，韋小寶不只和天地會扯上關係，還和他們堂內的糾紛也扯上了關係。

青木堂出現了兩位香主候選人，兩方擁立者爭執起來，已經到了快要兄弟反目的地步，非得要總舵主陳近南出面不可。所以他做了為難的決定，讓韋小寶當香主以弭平紛爭。韋小寶沒有身分、沒有功績，沒辦法，陳近南只能收他當徒弟，別人才不能多說什麼。

一個十二、三歲的小孩，從揚州麗春院來到了北京紫禁城，沒有武功，隨時扯謊，擅長表演，有著狡猾的個性，同時又有著堅強的賭性，要將所有這一切放在韋小寶身上，才能讓他在朝廷和武林兩個世界裡無往不利，而且扮演著重要的角色。他是康熙皇帝的親信，也是天地會總舵主的弟子。一切環扣得如此緊密，而這不過是金庸對韋小寶這個角色的初步設定而已。

更進一步，金庸要在《鹿鼎記》中，藉由韋小寶來挑戰、衝擊我們的歷史常識，用不可思議又在情理之中的情節演變，拋出有趣的思考：我們究竟是如何認識歷史的？史冊記錄的並非是全部的歷史？對於你所知道的歷史又有多少把握？

金庸雖然沒有明講，不過在閱讀過程中，讀者可以感受到這部小說完全可以有另一個書名：《康熙秘史》。《鹿鼎記》基本上就是用秘史的形式，向讀者揭露、甚至還原清朝初期究竟發生了哪些事。

金庸的基本態度和「秘史」是一樣的，他用看似「顛覆」歷史的方式對你說：你被騙了，那些歷史記錄並不準確，事實上康熙朝的許多大事都有韋小寶在，但因為種種不為人知的原因，這個人在正史記載中被排除掉了，只有我金庸偷偷告訴你們，事實是這樣的。

讓讀者去懷疑歷史，其實是一件令人不安的事。只不過金庸把韋小寶寫得滑稽又荒誕，所以讀者不會覺得這些事是真實發生的。我們會自然地告訴自己：這是武俠小說嘛，這就是虛構嘛！

然而「秘史」那樣的調性、那樣的趣味，在閱讀過程中從頭到尾存在著。

例如，你知道臺灣為什麼會被施琅打下來嗎？史籍看到的，都說施琅和鄭家有恩怨而降清，施琅又很會打海仗，康熙才派他出兵。這個時候，金庸藉由小說悄悄地告訴你：不完全是這樣，施琅也許重要，可是有一些你沒看到的，你知道鄭克塽對陳永華（即陳近南）的忌憚嗎？不瞭解這些，講什麼臺灣歷史呢？

韋小寶說道：「施大人，你運氣也真好，倘若陳軍師沒有被害，在台灣保護鄭克塽，董國太、鄭克塽他們就不篡位了。陳軍師統率軍民把守，台灣上下一心，你未必就能成功。」

施琅默然，心想自己才能確是遠不如陳近南，此人倘若不死，局面自然大不相同。

我們被金庸的這種口氣、這種方式吸引到秘史領域中，突然感覺到，真的有一些歷史沒有告訴我們的事。這是閱讀《鹿鼎記》特有的一種樂趣——「原來如此」。

而且，這個「原來如此」是很吊詭、奇怪的一種樂趣。我們大部分人都有這種本能，看到表面的東西，會猜想後面應該還有別的，要不然就不會對所謂的「八卦」有這麼高的興趣。什麼樣的八卦讓我們討論最久呢？自然是所牽涉的人事物與表面的差距越遠，我們就越有興趣。比如越是那種正經八百的人，卻被揭露他背後做的都是跟身分不符合的狗屁倒灶的事，這個時候我們就越感興致。

這也是《鹿鼎記》提供的一種興致，表面上，康熙一朝完成了許多偉業功績，最後揭曉，原來是那個不識字、不老實、不正經的小鬼韋小寶搞出來的，於是越荒誕離奇，我們就越覺得有趣。

《鹿鼎記》是一部歷史小說，可是這部歷史小說的寫法背後，有這樣一套歷史概念的轉移。

作為對照，有一段情節最能夠清楚傳達，這個趣味是怎麼來的。

《鹿鼎記》第四十六回，韋小寶在「通吃島」上和施琅重逢。此時施琅已經平定了臺灣，他奉康熙之命前來宣旨，將韋小寶封為「二等通吃侯」——這個奇怪的頭銜是康熙的有意取笑。席上兩人和幾名武官聊天，韋小寶不想讓施琅太得意，就問他當年國姓爺鄭成功是怎麼打敗荷蘭人的，旁邊有一名部將林興珠便述說了水淹鹿耳門的故事。

《鹿鼎記》整部小說寫的都是歷史，可是這個時候小說裡加插了一段林興珠講述水淹鹿耳門、圍攻熱來遮城的歷史，你就會覺得這中間很不一樣。為什麼？因為這段描述格外無趣。這就是歷史，是用我們平時在歷史書裡會讀到的方式所寫的歷史，裡面沒有韋小寶，沒有任何其他人介入。

我們明顯地感覺到無趣，因為在其他地方，金庸不是這樣寫歷史的。金庸總是在讀者認為事情是這樣的情況下，將它攤開來，然後給我們一看，看到韋小寶在那裡惡搞。

安全、正規的歷史解釋，讓我們覺得不夠有趣，反而讓我們無法完全接受。於是金庸在這樣的歷史解釋之外，給一些加入了韋小寶之後不一樣的歷史解釋，讓我們看得興味盎然。

但我們不應該那麼理所當然地、輕鬆地接受金庸投下的這麼多煙幕，而看不到他要提醒我們的地方。讀《鹿鼎記》，非得看到這一部分不可。

這是個大問題、真問題，但是我也沒有答案，那就是：歷史到底是什麼？歷史的真與假，到底如何分辨？如果歷史記錄裡的東西有可能是假的，而真的、重要的可能沒被寫進歷史裡，那麼我們今天靠著這些史料所建立的歷史知識、對歷史的理解和歷史解釋又算什麼？我們應該用什麼態度來對待？

在這裡，金庸運用了史學方法裡所說的「反證」。反證是一件困難的事，有資料就代表發生過這樣的事，但沒有資料不代表沒有發生過這樣的事。

你能夠說，我們在所有史料裡都沒有發現宮廷陰謀，就能證明沒有宮廷陰謀嗎？同樣的道理，即使查遍所有史料，你就能自信滿滿地說：沒有韋小寶這個人嗎？你怎麼證明真的從來沒出現過韋小寶這個人呢？我們只能說韋小寶沒有被寫在歷史記錄裡，而且小說中還給了這麼多的理由。所以你證明不了的。

我們憑什麼對自己所理解的歷史知識那麼有信心、那麼有把握？你或許會說，這是歷史學家講的。歷史學家我認識很多，而且還認識很多頭腦不是很清楚的歷史學家。拜託，你不能給我這個答案。

更進一步說，千年之後，也許有人看到了《鹿鼎記》，它可能是斷簡殘篇，說不定書名都沒有了，或者中間哪一部分永遠消失了。千年之後讀這本書的人，他不會知道這是一部怎麼被寫下來的書，不知道這是武俠小說，也許認為這就是史料，人們要建立歷史，就得靠這份資料。那個時候就會有人說，千年之前有一個叫金庸的人，寫了這麼一段歷史記錄，藉由金庸的記錄，可以還原清朝康熙時代發生的這些事。

如果你覺得這很荒唐，那不妨對應一下，我們現在讀到的一千年前所寫的古籍，它記錄的可能是一千三百年前的事情，我們憑什麼認為這就是於史有據？這不就和一千年後的人讀《鹿鼎記》，靠著《鹿鼎記》來還原康熙朝發生的事件一樣嗎？

雖然我沒有答案，但這是一個極有趣、也極重要的問題。在特殊思想變動的時代裡，這種問題被凸顯了。

金庸活在思想激烈變動的時代，他親歷歷史記錄被推翻、被建立，更重要的，他看到各式各樣的歷史解釋在他這一代人中此起彼落。同樣的事件可以有很多不同的解釋，當然就產生了這樣的疑問：歷史到底是什麼？我們到底如何來解釋歷史？

在史學探究、史學方法論的討論中，的確有不少人提過這樣的問題。但卻很少有人像金庸一樣，用這麼精彩的方式，放在一部歷史武俠小說中，向所有人拋出巨大的問題與提醒。

09 滿洲人憑什麼留下來？

和其他武俠小說不一樣，《鹿鼎記》被金庸刻意劃分出了兩個世界，即使這兩個世界都以韋小寶作為主角。

一個是朝廷、官場的世界。一開始，韋小寶誤打誤撞地被帶進了皇宮，以小桂子的身分一步一步往上爬；而後韋小寶被天地會青木堂的人綁走，於是另一個世界出現了，那就是天地會、甚至後來的神龍教所代表的草莽、江湖。

兩個不同的世界，一方面藉由韋小寶結合在一起，另一方面也讓韋小寶穿梭其間，一下到這個世界去找那個世界的解決方案，一下又到那個世界去找這個世界的線索。

回到《書劍恩仇錄》，同樣是兩個世界，或許因為曾經經歷過抗日戰爭，還帶著那樣深刻的記憶，所以金庸一開始寫《書劍恩仇錄》時，有著非常強烈的種族意識。滿人和漢人涇渭分明，理所當然他是站在漢人的立場上。陳家洛自然是好人，紅花會這些反清復明的志士都是好人。乾隆是中間角色，血統上明明是漢人，卻成了滿洲皇帝，所以紅花會才要想方設法將他爭取回來，讓他回到原來對的、好的身分，變成一個漢人皇帝。

這是《書劍恩仇錄》的基本設定。這個設定裡最核心的，就是不會、也不能去質疑滿人和漢人之間的好壞評斷。但是到了《天龍八部》，這樣的立場變了，金庸變了，他覺得這個基本設定並不是那麼有道理。於是他刻意寫了喬峯到蕭峯的故事，「不再以契丹人為恥，也不以大宋為榮」，等於改寫了、也重新交代了自己對於民族主義的立場。

再到了《鹿鼎記》，看上去怎麼好像回到了初始的立場上？小說一開始寫「莊廷鑨明史案」、寫文字獄，又寫黃梨洲、顧亭林這些文人懷念前明、悲憤鬱積。而韋小寶出身揚州，也聽過「揚州十日」的大屠殺慘事。這些都是漢人痛恨滿人的理由。

表面上看，金庸似乎回到了一開頭的種族態度和立場，怎麼開頭就怎麼結尾。但是細看下去，卻不是這麼回事。這是金庸了不起的地方，他設計了韋小寶這樣一個憊懶、滑頭的角色，作為《鹿鼎記》的主角，跟在康熙的身邊。

韋小寶剛開始是宮裡最不堪、地位低下的太監，後來他向康熙懺悔告白，說自己是個假冒的太監，還揭發了太后一事，康熙馬上為他正名，封他為御前侍衛副總管，讓他赴五台山辦事。韋小寶頻頻立下功勞，皇帝寵他、喜歡他、信任他，再任命他為驍騎營正黃旗副都統，賜為滿洲人。本來是個漢人，現在變成滿洲人，這是他的一重身分。

此外，韋小寶加入了顛覆朝廷最重要的組織天地會，成為陳近南親手收的徒弟。這是他的另一重身分。

這兩種身分是極端對立的，只要是正常的主角，應該都不會在知情的情況下接受這樣的安排，那就一定只能寫在像韋小寶這樣，一個從妓院出身、連親爹是誰都不知道的人身上。他沒有這個包袱，沒有來自父系宗族系統的血統和身分，所以他可以當滿洲人。

這已經是很曖昧的立場了，更進一步，金庸讓《鹿鼎記》裡滿、漢之間的衝突也變得曖昧，甚至對反了。到了這部小說中，金庸並沒有說漢人想要反清復明，將滿洲人趕出去就一定是對的。同時也暗示了，漢人根本就沒有反清復明的本事，還沒等到朝廷來鎮壓，你們自己內部就先打起來了。

金庸為了彰顯漢人之間內訌的本質，刻意設計了沐王府白家和天地會徐老三之間的衝突，這是非常嚴重也非常不堪的衝突。嚴重到什麼程度？即使韋小寶救了沐王府的人，總舵主陳近南親自出面，都沒辦法解決。問題的癥結點，就是各自認定、各自選擇到底要支持誰來當皇帝。這是不能動搖、不可妥協的。

看看這些人所支持的南明皇嗣，我們遠遠地從歷史角度看，會覺得可笑、愚蠢。是的，金庸在這方面，真的是在嘲笑這些角色，包括陳近南在內。

因為他們如此愚忠，一定要選擇唐王或是桂王，一定堅持只有我認定、支持的對象才是正統，才可以當皇帝。這樣看來，反對滿人當皇帝，和反對別人支持的漢人當皇帝，這中間真的有多大差別嗎？

再看小說裡特別重要的《四十二章經》，也牽涉作為「歷史學家」的金庸的史觀，他要表現的是，滿洲人究竟如何在中原站穩腳跟。

歷史上的大哉問就是：滿洲人憑什麼留下來？如果他們真的這麼壞，像是「嘉定三屠」、「揚州十日」，那麼漢人人口比滿洲人多了多少倍，為什麼趕不走滿洲人？

在這件事情上，金庸有他的史觀、他的解釋。

首先，《四十二章經》之所以重要，因為那代表了滿洲人特殊的自我保護意識。行痴和尚（順治帝）在五台山上見到韋小寶，將那本正黃旗封皮的《四十二章經》交給他的時候，說了這句話：

行痴探手入懷，取了一個小小包裹出來，說道：「這一部經書，去交給你的主子。跟他說：天下事須當順其自然，不可強求。能給中原蒼生造福，那是最好。倘若天下百姓都要咱們走，那麼咱們從那裏來，就回那裏去。」說著在小包上輕輕拍了一拍。

滿洲人從入關一直到清朝滅亡，一路都有著強烈的危機感，一定要保有自己所來的根據地，那是不能動的。尤其是鑒於歷史，滿洲人稱自己為「後金」，他們看到歷史上與宋人對峙、後來被蒙古人滅掉的「前金」朝，就是因為忘掉了要保護原來的「龍興之地」。因此，號為「後金」的滿洲人隨時都保持這個心態：如果待不下去了，我就走。正因為這樣的警醒之心，他們反而能夠留了下來。

其次，小說裡行痴和尚要韋小寶轉告康熙的，還有這四字箴言——「永不加賦」。這也是歷史事實。康熙立下了大清絕對不能動搖的祖宗家法，就是「永不加賦」。

因為太瞭解漢人不喜歡他們，就更不能欺騙自己，說漢人其實已經服服帖帖，十分擁戴我們，感激我們幫忙解決了闖賊的問題。對外當宣傳可以，但滿洲人沒有真的愚蠢到、天真到去相信這種說法。他們總是保持著高度的危機意識。

來到了不受歡迎的地方，就要努力地做到兩件事：第一，爭取能夠扭轉局勢，讓漢人接受、臣服；第二，永遠留有退路，如果真的統治不了就走，不要硬撐在這裡，不能將一切都押在這裡。

正因為如此，滿洲皇帝都不壞，至少比起明朝的漢人皇帝，從各種角度、各項標準來看，那是好太多了。「永不加賦」的祖宗家法，給了人民相當的經濟富足基礎。在這樣的原則下，創造了康雍乾三朝的太平盛世和生產上的繁榮。

金庸用這種方式寫出了一個對照——關於政治、關於統治，有比種族更重要的因素。其一，就是讓老百姓可以生活得更好，這太重要了。其二，上位者必須戰戰兢兢、勤勤懇懇，不能將手上的權力視為理所當然，要假設權力隨時可能被取消。

反過來看另外一邊，漢人一心一意要把滿洲人趕出去，可是憑著什麼條件、什麼方式？光是在擁立誰這件事上，就可以搞得七葷八素，持續內鬥、內耗。

回頭再看，金庸一開始寫《書劍恩仇錄》的設定實在簡單得多，他可以避開這個問題，仍然還是乾隆當皇帝，不用爭不用搶，只要變成漢人江山就好。

我相信到了寫《鹿鼎記》的時候，金庸回頭想起這件事，可能會笑自己：這也太幼稚、太便宜行事了。如果世上有這麼容易的事，就沒有政治這回事了。

十幾年下來，金庸對於政治，尤其是政權和人民之間的關係思考了很多，價值觀念也改變了很多，所以他不可能繼續用《書劍恩仇錄》中那種簡單到有點幼稚的種族主義概念，來看待歷史的教訓。

10 中國社會畸形的權力來源

一邊辦報寫社評，一邊寫武俠小說，所以金庸的每一部武俠小說，多多少少都反映了當時的政治或社會現象，《鹿鼎記》也不例外。

《天龍八部》裡有星宿派，《笑傲江湖》裡有日月神教，到了《鹿鼎記》，金庸又創造了神龍教，而且比日月神教還要更誇張。韋小寶第一次上神龍島，也就是神龍教的大本營，他看到的是：

過了一條長廊，眼前突然出現一座大廳。這廳碩大無朋，足可容得千人之眾。韋小寶在北京皇宮中住得久了，再巨大的廳堂也不在眼中。可是這一座大廳卻實在巨大，一見之下，不由得肅然生敬。

神龍教的大廳不是中國式的宮殿，而是一個非常廣大的空間。在舊宮殿旁邊，但又跟宮殿不一樣，可以容納非常多人的建築，那是「人民大會堂」吧！再看裡面：

但見一羣羣少年男女衣分五色，分站五個方位。青、白、黑、黃四色的都是少年，穿紅的則是少女，背上各負長劍，每一隊約有百人。大廳彼端居中並排放著兩張竹椅，鋪了錦緞墊子。兩旁站著數十人，有男有女，年紀輕的三十來歲，老的已有六七十歲，身上均不帶兵刃。大廳中聚集著五六百人，竟無半點聲息，連咳嗽也沒一聲。

此處描寫教中舊人有男有女數十人，還有這些少年隊新血，可以想像，這個畫面其實折射出文革時期金庸所看到、觀察到的時代特徵。

從這裡我們也進一步瞭解到，金庸要在《鹿鼎記》中將主角韋小寶寫成十二、三歲少年的原因。即使過了一兩年，韋小寶畢竟還是個不折不扣的少年。這個時候，金庸深受時局刺激，或許就刻意用小說中韋小寶的形象，來反映、甚至諷刺當時中國大陸文革期間的意識形態。

所以讀《鹿鼎記》，有一種特別的讀法，就是去對讀二十世紀經典的英國小說《蒼蠅王》（*Lord of the Flies*）。它的創作時代和《鹿鼎記》相差不遠，作者是曾經得過諾貝爾文學獎的威廉．高汀（William Golding）。

《蒼蠅王》寫什麼？它寫一群少年流落到荒島上，因為沒有大人在，失去了原有的社會秩序。在這種情況下，少年們會幹出什麼事來？在威廉．高汀筆下，這些沒有完成社會化的青少年，暴露了他們內在可怕的邪惡。

金庸當然沒有寫到這麼極端，可是面對文革時期所產生的一種非常奇特的青少年的血腥暴力形象，他將自己痛心的反省，寫進到小說裡。此外，如同《笑傲江湖》一樣，金庸不是要寫時事小說，而是要寫出另一種更恆長的政治小說。

歷數金庸小說中出現過的幾個大「邪教」，有《倚天屠龍記》的明教、《笑傲江湖》的日月神教，和《鹿鼎記》的神龍教，這三個組織其實一脈相承。如果串連起來，就彷彿看到一個經過奪權的組織，在三個不同的階段、不同的發展下，產生了不同的性格。

日月神教的「日」、「月」，加在一起不就是「明」嗎？雖然神龍教不像明教和日月神教有這種字面上的連結，可是如果仔細看，就會發現日月神教裡批鬥老部屬的情節，在神龍教同樣也有。很明顯，這是金庸在情節上刻意安排的一種關連，可以視為一個團體在三個不同發展階段的隱喻。

這樣的演化隱喻可不是金庸的創想，毋寧是因為金庸一邊在寫社評，在悲傷又心驚膽跳地體察時局，以及在他敏銳的政治分析與強烈的感觸下，忍不住將這樣的觀察寫進了武俠小說中。

除此之外，金庸還描述了中國式的政治基底、社會型態。在《鹿鼎記》裡，我們看到了一個什麼樣的社會？或者，逆向追問這個問題會更清楚：一個什麼樣的社會，才會讓一個從妓院裡出來的孩子，可以不斷取得越來越大的權力，而且橫行無阻？他憑藉的是什麼？

相當程度上，韋小寶憑藉的永遠都是四個字——「狐假虎威」。他有什麼好怕的？無論他走到哪裡，他都明白自己背後有康熙和陳近南在撐腰，以及更可怕的，因為他知道別人的秘密，這給他帶來了絕對的優勢。

韋小寶最厲害、最壞的一招，就是東聽一個，西聽一個。從那裡聽了什麼，他就到這裡賣給這個人，再從這個人身上換來另一個秘密，去賣給另外一個人。

例如，他偷聽到了海大富和假太后所講的關於順治帝的秘密，於是就拿著這個秘密去跟康熙講；等到康熙跟他交代了什麼事，他再把這個秘密變形了之後，拿去嚇唬太后。他就是這樣來來去去地利用各種秘密，換取自己所需要的。

金庸為什麼要這麼麻煩，設計這麼複雜對於秘密的運用？其中一個目的，就是他要讓韋小寶來象徵、代表中國社會最畸形的權力來源。

畸形到什麼程度？這種權力的獲得，並非來自你有多大的能力，而是來自你裝出來有什麼靠山，同時找到了什麼靠山。靠山就是關係。更重要的，不只是擁有關係，還要懂得適時適地、在對的條件下去炫耀你的關係，然後藉由炫耀你的關係去取得更多的關係、更大的權力。這是使得中國傳統政治如此黑暗的社會基底。

在這樣的社會基底下，人沒有自己真正的位置，也沒有了自尊心，因為什麼都是靠著拉攏誰、依靠誰、拿誰來威脅誰的手段，最後再用這種方式，來決定自己是什麼人。你沒有獨立的人格，你是什麼人是由你的關係來決定的。

對中國社會相對黑暗的這種描述，也就必然牽涉到國民性。可以這樣說，金庸在這方面並沒有真正離開《阿Q正傳》，沒有離開魯迅。他寫《神鵰俠侶》的時候，藉由楊過碰觸到了阿Q形象和阿Q精神。後來他用別的方式，主要是透過對小龍女的愛情，讓楊過得以擺脫身上的那一份阿Q性格。

到了韋小寶，他其實也有很多阿Q的部分，只是他沒有讓我們那麼討厭。金庸沒有用像魯迅那麼尖刻、那麼嘲諷的方式來寫韋小寶，而是給了韋小寶一些正面的性質。可是，這並不表示金庸會遺忘、放掉魯迅所看到的民族性中的這些黑暗面，以及反映在他筆下阿Q身上的這些特質。

在《鹿鼎記》裡，韋小寶如何招搖撞騙，如何在江湖與官場上抓住他的權力，得到這麼多的利益，那個環境本身就是一個擴大了的阿Q性格，或者說阿Q精神。韋小寶的本事，正是來自於中國國民性中最黑暗、最卑微、最鄙劣、最猥瑣的一面。

從這個角度看，金庸的《鹿鼎記》寫了一個反武俠的故事。反武俠的意義，不只是說韋小寶不是一個武俠人物、英雄人物，更重要的，小說裡寫出來的環境，剛好也與武俠、武林相反。

金庸用一種相對黑暗的方法，寫出了武俠對面的這個社會，讓武俠世界幾乎所有的正面素質，都在《鹿鼎記》中改頭換面。比如陳近南，本來是武俠小說中應有的大俠設定，可是在小說裡，就連陳近南都是玩權謀的——他必須利用權謀去處理青木堂香主由誰繼任所引發的嚴重內訌；他和馮錫範、鄭克塽之間的猜忌也是權力關係。在小說中，只要牽涉權力，特別是宮廷的最高權力，沒有人要做什麼英雄人物，沒有人要講義氣。每一個英雄人物在《鹿鼎記》裡都不會有好下場，沒有好結果。

《鹿鼎記》所揭露的中國國民性其實相當黑暗，可是我們在讀的時候不會感到那麼沉重，這又要感謝金庸，因為他把韋小寶寫成一個這麼有趣的角色。當然，正因為金庸要寫的是最底層的國民性，而在這底層之上，這個社會所支援、所形成的政治層，亦即它的最上層同樣也是黑暗的。於是就出現了如神龍教這樣的民間組織，也出現了暗藏各種貪汙腐敗的官場文化。

11 武俠小說的結束在《鹿鼎記》

金庸要寫的是這樣巨大的結構，所以《鹿鼎記》必須有趣——如果寫得既龐大，又黑暗沉重，讀者不會想要看；或者說，龐大、黑暗又沉重的小說，這個社會上百分之九十的讀者不會想看。於是金庸就故意選擇了一種笑鬧、輕鬆的方式，寫出了韋小寶這樣的角色，以此來呈現這個故事。但其實很多時候，韋小寶的個性和做法，是應該讓我們覺得不安的。

故事寫完了，金庸清楚知道這部小說已經離開傳統武俠很遠很遠了。他在〈後記〉裡就提到，有許多讀者說這不像是金庸寫的，所以他解釋：「『鹿鼎記』已經不太像武俠小說，毋寧說是歷史小說。」接下來還有一段，是金庸低調地宣告《鹿鼎記》的地位，他說：

> 有些讀者不滿「鹿鼎記」，為了主角韋小寶的品德，與一般的價值觀念太過違反。武俠小說的讀者習慣於將自己代入書中的英雄，然而韋小寶是不能代入的。在這方面，剝奪了某些讀者的若干樂趣，我感到抱歉。

話雖然這樣說，但我們知道金庸沒有真的抱歉，他清楚這中間的關鍵差別在哪裡。也許他不會用我的這種理論性語言來說，但我願意把它挑明來講：這就是類型小說或娛樂小說，和嚴肅小說或純文學小說之間的差距。

絕大部分的娛樂小說、類型小說建立的主角，就是hero（英雄），意味著在閱讀過程中，讀者會把自己投射在這個英雄身上。這個英雄所經歷的一切事情，就像是我們自己經歷的一樣，我們因而讀著感到很過癮。

但在《鹿鼎記》裡，金庸也諷刺了這樣一種關係。寫在哪裡呢？寫在康熙身上。康熙每一次聽到韋小寶講述他的冒險經歷，就很像作為類型小說的讀者，讀著讀著、聽著聽著，就覺得說，如果讓我去，我也可以做到這件事，這好像是我可以去做的、是我要做的、是我在做的事。康熙將自己投射在韋小寶身上，就如同讀者在讀類型小說、武俠小說時，將自己投射在主角身上一樣。

而什麼叫做嚴肅小說？為什麼嚴肅小說的地位比較高？因為嚴肅小說不必然

用這種方式寫。這是金庸的用意，他明白地告訴我們，他自己認為《鹿鼎記》是該和什麼樣的小說放在一起的。

同樣在這篇〈後記〉裡，他說：

> 但小說的主角不一定是「好人」。小說的主要任務之一是創造人物；好人、壞人、有缺點的好人、有優點的壞人等等，都可以寫。在康熙時代的中國，有韋小寶那樣的人物並不是不可能的事。

金庸指的就是中國社會的一種必然性，將韋小寶寫在那樣的社會裡，不是不可能的。當然，換個方向看，也沒辦法將韋小寶寫到別的社會裡。接著他又說：

> 作者寫一個人物，用意並不一定是肯定這樣的典型。哈姆萊特優柔寡斷，羅亭能說不能行，「紅字」中的牧師與人通姦，安娜卡列尼娜背叛丈夫，作者只是描寫有那樣的人物，並不是鼓勵讀者模仿他們的行為。……魯迅寫阿Q，並不是鼓吹精神勝利。

這是金庸的自我認同，說他寫的和莎士比亞、屠格涅夫寫的是類似的東西，腦袋裡也想到了霍桑、托爾斯泰。接著他提到了《水滸傳》、《紅樓夢》，並以與魯迅的文學關係作結。

金庸非常明白他的《鹿鼎記》在寫什麼。他用武俠小說的表面形式，用輕鬆笑鬧的口氣，寫一部嚴肅的小說。他用嬉鬧、搗蛋的韋小寶形象，背後寫的是對黑暗的中國國民性的檢討，以及對中國社會的批判。這是《鹿鼎記》達致了不起的地位與成就的原因，是我們絕對不能忽略的。

到這裡就明白了，《鹿鼎記》以武俠寫反武俠的真正意涵。但是作為武俠小說的名家，金庸為什麼要這樣做？

第一個理由，那個寫社評的金庸，他從新聞時事中所看到的現實中國發生的所有事情，以及他所關切的、在意的，不可能進入他的武俠小說中。如果要寫那樣一個中國人社會，他就不可能再去寫過去的那種武俠小說。

第二個理由，那個同時一直在寫武俠小說的金庸，這個時候也有一種動力。他將武俠小說寫到如此程度，任何的規律、規範都被他打破了，為了挑戰自己所開發出來的每一個面向，於是到了《鹿鼎記》，都一併推到了最極端：完全不應該當主角的人成為主角，武俠和歷史直接寫在一起，武俠的好壞善惡價值觀徹底混同了……。寫出來就變成了一部反武俠之作。

這本來就是他過去寫武俠小說的重要動力，他要找到別人不會寫、沒有寫過的寫法，一部一部不斷地嘗試，一部一部不斷地突破自己。到這個時候，基本上能夠走的路都被他走絕了，他就寫不下去了。他不只把自己的路給寫絕了，他也寫盡了這個脈絡系統下的武俠小說的其他可能性。

金庸明白地說，「這是我最後的一部武俠小說」。他知道自己不可能繼續寫武俠題材，再繼續寫也不會是武俠小說了。他的企圖、他的見識、他的關懷，這個時候都已經遠遠超過武俠小說所能容納的範圍。

讀傳統武俠小說的樂趣，相當程度上是因為這些小說提供給我們的，是讀者與作者之間非常堅固牢靠的默契。作者知道讀者想要讀到什麼東西，就把那預期要的東西寫到小說裡，讀者可以一路讀下去。讀得很快、很輕鬆。讀武俠小說原來的樂趣，是一種低度滿足，會看到很多熟悉的東西。

可是讀一般的小說，尤其是嚴肅小說，帶給你的是高度滿足。高度滿足的意思是挑逗你的好奇心：會發生什麼事？為什麼會這樣發生？對讀者來講是完全陌生的，逼著我們去想怎麼會這樣，怎麼可能這樣，為什麼發生這樣的事。這個時候，我們閱讀的滿足感更高了。

讀金庸小說，其實是不斷地破壞我們讀其他武俠小說的樂趣，因為一直在追求更高度的滿足。於是讀金庸到了一定程度後，讀者自然沒有辦法回頭接受以往的那種低度滿足了。

《鹿鼎記》不只是金庸自己將武俠小說寫完了，還斷絕了讀者能夠繼續享受閱讀其他作者的武俠小說的機會。除非你不讀金庸，如果你都讀完了，就回不去曾經的武俠世界了。

此外，我們也再難找到像金庸這樣的作者——他個人高度的天分、生活的閱歷，加上時局帶來的各種不同條件，湊在一起，才出現了金庸。金庸小說的寫作技法，放在任何時代、任何社會，都經得起考驗，尤其是《鹿鼎記》。他把《鹿鼎記》寫完了，於是停筆了，我們應該高興，至少這是一個完美的結局。

不管怎麼追溯武俠小說的起源，我只能說，至少到目前為止，武俠小說的結尾在金庸的《鹿鼎記》。

我知道這句話說得很滿，可能也得罪了很多後來寫武俠小說的人。但我只能如此誠實地向大家報告，在金庸修訂完十五部小說這幾十年來，我沒有找到任何可以挑戰、改變到目前為止我所認定的這一句斷言——《鹿鼎記》寫完了，武俠、武林的傳統也就隨之結束了。

再會江湖：金庸小說的眾生相 / 楊照著. --
初版. --臺北市：遠流, 2024.05
面；　公分--（金庸的武林；3）
ISBN 978-626-361-491-8(平裝)

1.CST：金庸 2.CST：武俠小說 3.CST：文學評論

857.9　　113000920

金庸的武林 3

再會江湖

金庸小說的眾生相

作者 / 楊照
封面繪圖 / 李志清

副總編輯 / 鄭祥琳
美術設計 / 張巖
排版 / 連紫吟、曹任華
行銷企劃 / 廖宏霖
出版一部總編輯暨總監 / 王明雪

發行人 / 王榮文
出版發行 / 遠流出版事業股份有限公司
地址 / 104005 臺北市中山北路一段11號13樓
電話 / (02)2571-0297 傳眞 / (02)2571-0197 郵撥 / 0189456-1
著作權顧問 / 蕭雄淋律師

2024年5月10日 初版一刷
定價 / 新臺幣380元 (缺頁或破損的書，請寄回更換)

ISBN 978-626-361-491-8

遠流博識網 http://www.ylib.com E-mail: ylib@ylib.com
金庸茶館粉絲團 https://www.facebook.com/jinyongteahouse